Über dieses Buch Alle lebenden Wesen sind der Seelenwanderung unterworfen und müssen, ehe sie zu Menschen werden, verschiedene Tierstadien durchlaufen. Gute Feen helfen ihnen dabei, während böse Zauberer versuchen, diese Entwicklung umzukehren. In dieser Situation befindet sich die große Familie Raton.
Dieses Märchen ist eine Mischform aus Jules Vernes geläufigen Abenteuerromanen und den Gattungen Märchen und Tierfabeln, auf die es durch Zitate, Versatzstücke und Anspielungen verweist und die es parodiert. Ein Kunstmärchen, das sich selbst nicht ernst nimmt, aber auf verschiedenen Ebenen deut- und lesbar ist. Es bezieht seine Komik vor allem aus Wortspielen, den Verwandlungen der Familie Raton in andere Tiere, die jeweils den eigenwilligen Charakteren ihrer Mitglieder entsprechen. – Das Märchen enthält viele autobiographische Anspielungen, die sich wohl daraus erklären, daß Jules Verne dieses Märchen im Alter und zu einer Zeit der tiefen Depression als eine Art Bilanz schrieb. Er stellt sich selbst in dem menschenverachtenden, gichtigen und »philosophischen« Vater Raton dar.
Dieses Märchen, das 1891 gekürzt in Frankreich erschien, liegt zum erstenmal in deutscher Sprache in der Originalfassung Jules Vernes vor. Im Nachwort beschreibt der Herausgeber Volker Dehs die Entstehungsgeschichte dieses Märchens und gibt einen Lebensabriß Jules Vernes.

Über den Autor Jules Verne, 1828 geboren, studierte Jura und arbeitete eher erfolgslos als Bühnenautor, Theatersekretär und Börsenmakler, ehe er 1863 mit seinem ersten Roman schlagartig berühmt wurde. Mit *Fünf Wochen im Ballon* und seinen regelmäßig folgenden Büchern wurde Verne zum ersten und einflußreichsten Vertreter des naturwissenschaftlich fundierten Abenteuerromans. Neben der Reihe der Außergewöhnlichen Reisen entstanden Erzählungen und Theaterstücke. Er starb 1905 in Amiens/Frankreich.

Der Herausgeber Volker Dehs, 1964 in Bremen geboren, studierte Romanistik, Germanistik und Kunstgeschichte in Göttingen. 1986 verfaßte er die Bildmonographie Jules Verne, die im Rowohlt Verlag erschien; zahlreiche Veröffentlichungen über Jules Verne und E.T.A. Hoffmann in französischen Literaturzeitschriften. In Frankreich gilt Volker Dehs als Jules-Verne-Kenner.

Jules Verne

Die Abenteuer der Familie Raton

Ein Märchen

Herausgegeben, übersetzt
und mit einem Nachwort
versehen von
Volker Dehs

Mit Illustrationen
des Herausgebers

Fischer Taschenbuch Verlag

Deutsche Erstausgabe
Veröffentlicht im Fischer Taschenbuch Verlag GmbH,
Frankfurt am Main, April 1989

Umschlaggestaltung: Buchholz / Hinsch / Hensinger
Gesamtherstellung: Clausen & Bosse
Printed in Germany
ISBN 3-596-22880-8

Abenteuer der Familie Raton

PERSONEN

RATON – das philosophische Familienoberhaupt; »raton« ist die frz. Verkleinerungsform von »rat« – also »Rättchen«. Auch »Waschbär« und Bezeichnung für einen Käsekuchen

RATONNE – seine Gattin

RATINE – beider Tochter; »ratine« ist frz. ein Stoff aus weicher Wolle, deren Fasern nach außen gekämmt sind

RATIN – Ratines Liebhaber

RATE – Ratines Vetter; »raté« (frz.) = mißraten

RATA – Koch im Hause Raton; »rata« ist die umgangssprachliche Verkürzung von »ratatouille«, ursprünglich im Militärjargon Bezeichnung für ein Eintopfgericht; davon die Ableitung für alles Ungenießbare

RATANE – Ratas Gattin und Hausmädchen bei Raton

FIRMENTA – die gute Fee; vom Lateinischen »firmamentum« (Rückhalt, Stütze) oder lautliche Zusammenziehung von frz. »faire monter« (aufsteigen lassen)

GARDAFUR – der böse Zauberer; (im Original: Gardafour); ein Name, der im Französischen mehrere Assoziationen zuläßt: »garde-fou« (Geländer zum Festhalten), »garde-à-vous« (»Hütet euch!«), »garer au four« (in den Ofen schieben) oder »garder (quelque chose) au four« (etwas im Hinterhalt aufsparen)

KISSADOR – ein niederträchtiger Prinz; lautentsprechend zu französisch »qui s'adore« (der sich bewundert); ein älteres Manuskript nennt ihn Prince Favori (Prinz Günstling/Prinz Backenbart)

ROMIRADUR – die Sphinx von: eine außergewöhnliche Sehenswürdigkeit; (im Original: Romiradour). Der Name (im früheren Manuskript »Romirador«) ist eine Zusammenziehung der Käsesorte »Romadour« und des Wortes »mirador« (Wachtturm)

I

Es war einmal eine Rattenfamilie, die setzte sich zusammen aus dem Vater Raton, der Mutter Ratonne, deren Tochter Ratine und ihrem Vetter Raté. Ihre Bediensteten waren der Koch Rata und das Hausmädchen Ratane. Diesen achtbaren Nagern sind so außergewöhnliche Abenteuer zugestoßen, meine lieben Kinder, daß ich dem Verlangen nicht widerstehen kann, sie euch zu erzählen.

Das trug sich in der Zeit der Feen und Zauberer zu – in eben der Zeit, als die Tiere noch sprachen. Aus dieser Epoche stammt wohl auch der Ausdruck »Eseleien sagen«. Und doch sagten die Esel nicht mehr dummes Zeug, als die Menschen von früher gesagt haben und heute immer noch sagen! Hört nun zu, meine lieben Kinder, ich beginne.

II

In einer der schönsten Städte jener Zeit und in dem schönsten Haus dieser Stadt wohnte eine gute Fee. Sie hieß Firmenta. Sie tat soviel Gutes, wie eine Fee nur tun konnte, und man hatte sie sehr gern.

Zu jener Zeit, so scheint es, waren alle Lebewesen den Gesetzen der Seelenwanderung unterworfen. Erschreckt euch nicht vor diesem Wort: das bedeutet, daß es eine Entwicklungsleiter der Schöpfung gab, deren Stufen jedes Geschöpf eine nach der anderen erklimmen mußte, um den letzten und höchsten Zustand im Menschsein zu erreichen. So kam man als Weichtier zur Welt, wurde Fisch, dann Vogel, dann Vierfüßler und dann erst Mann oder Frau. Wie ihr seht, mußte man vom primitivsten Zustand bis zum vollendeten aufsteigen.[1] Allerdings konnte es vorkommen, daß man die Leiter wieder hinunterpurzelte, und zwar durch den bösen Einfluß irgendeines Zauberers. Was war das dann für ein trauriges Leben! Wenn man schon einmal Mensch gewesen ist und beispielsweise wieder zur Auster wurde! Glücklicherweise passiert das heutzutage nicht mehr – zumindest nicht äußerlich.

Ihr müßt auch wissen, daß diese verschiedenen Verwandlungen durch die Vermittlung von Geistern vor sich gingen. Die guten Geister ließen aufsteigen, die bösen absteigen, und wenn letztere manchmal ihre Macht mißbrauchten, konnte der Schöpfer sie ihnen für eine Zeitlang entziehen.

Selbstverständlich war die Fee Firmenta ein guter Geist, und noch nie hatte sich jemand über sie beklagen müssen.

Eines schönes Morgens befand sie sich im Speisesaal ihres Palastes – eines mit herrlichen Wandteppichen und wunderbaren Blumen geschmückten Raumes. Die Sonnenstrahlen schlichen sich durch das Fenster ein, warfen hier und da leuchtende Flecken auf Porzellan und Silberzeug, das auf dem Tisch stand.

Die Kammerzofe hatte ihrer Herrin gerade mitgeteilt, daß

das Frühstück angerichtet sei – ein köstliches Frühstück, auf das die Feen schon ein Anrecht haben, ohne daß man sie deshalb der Naschhaftigkeit bezichtigen darf. Kaum aber hatte sich die Fee gesetzt, als es an die Tür des Palastes klopfte.

Sofort ging die Zofe öffnen, und einen Moment darauf richtete sie der Fee aus, daß ein schöner Jüngling sie zu sprechen wünsche.

»Laß den schönen Jüngling eintreten«, antwortete Firmenta.

Schön, das war er in der Tat, überdurchschnittlich groß, mit gutem und sogar mutigem Gesichtsausdruck und zweiundzwanzig Jahre alt. Er war sehr einfach gekleidet und von anmutigem Auftreten.

Die Fee hatte gleich einen guten Eindruck von ihm gewonnen. Sie dachte, daß er wie viele andere, die in ihrer Schuld

standen, gekommen sei, um sie um eine Gefälligkeit zu bitten, und sie fühlte sich gewogen, ihm die zu erweisen.
»Was verlangt Ihr von mir, schöner Jüngling?« fragte sie mit ihrer sanftesten Stimme. »Habt keine Angst, zu mir zu sprechen.«
»Gute Fee«, antwortete er, »ich bin sehr unglücklich und habe keine andere Hoffnung mehr als Euch!«
Und als er schwieg, begann Firmenta von neuem:
»Sprecht Euch aus, schöner Jüngling. Wie lautet Euer Name?«
»Ich heiße Ratin«, antwortete er. »Ich bin nicht reich, aber es ist auch nicht Reichtum, um den ich Euch bitten möchte. Nein! Es ist das Glück.«

»Und Ihr meint, das eine gehe ohne das andere?« entgegnete Firmenta lächelnd.
»Das meine ich.«
»Und recht habt Ihr. Sprecht weiter, schöner Jüngling.«
»Es ist einige Zeit her«, fuhr er fort, »da war ich, bevor ich zum Menschen wurde, eine Ratte, und als solche in einer hervorragenden Familie aufgenommen worden, zu der ich die süßesten Bande zu knüpfen gedachte. Ich gefiel dem

Vater, der eine Ratte voll von gesundem Menschenverstand ist. Vielleicht war mir die etwas ehrgeizige Mutter weniger gewogen, weil ich nicht reich bin. Aber ihre Tochter Ratine hatte mir ihr Herz geschenkt!... Am Ende hatte man sich wohl mit mir abgefunden, als ein großes Unglück all meine Hoffnungen zunichte machte!«

»Was ist denn passiert?« verlangte die Fee mit lebhaftem Interesse zu wissen.

»Zunächst einmal bin ich Mensch geworden, während meine Ratine Rättin blieb!«

»Na«, antwortete Firmenta, »dann wartet ab, bis die letzte Umwandlung aus ihr ein junges Mädchen gemacht haben wird...«

»Gewiß, gute Fee! Leider war Ratine ebenfalls einem mächtigen Edelmann aufgefallen, der Königssohn sein könnte. Gewohnt, seine Launen stets zu befriedigen, duldet er nicht den geringsten Widerstand. Alles soll sich seinem Willen beugen!«

»Und wer war dieser Edelmann?« fragte die Fee.

»Es war der Prinz Kissador. Er bot meiner lieben Ratine an, sie auf sein Schloß mitzunehmen, wo sie, wie er sagte, die glücklichste Rättin sein würde. Sie weigerte sich, obwohl sich ihre Mutter Ratonne von dem Anerbieten sehr geschmeichelt fühlte. Der Prinz versuchte sodann, sie zu hohem Preise zu kaufen; aber der Vater Raton wußte gut, wie sehr mich seine Tochter liebt, und daß ich vor Schmerz sterben würde, wenn man uns trennte, und er wollte nicht einwilligen. Ich verzichte darauf, Euch die Wut des Prinzen Kissador auszumalen. Wenn Ratine so schön als Rättin war, sagte er sich, dann müsse sie als junges Mädchen noch schöner sein. Ja, gute Fee, noch schöner! Und er würde sie heiraten!... Das war trefflich ausgedacht für ihn, aber für uns ein großes Unglück!«

»Wahrlich«, antwortete die Fee, »aber da dem Prinzen einmal ein Korb gegeben wurde, was habt Ihr noch zu fürchten?...«

»Alles«, entgegnete Ratin, »denn um an sein Ziel zu gelangen, hat er sich an Gardafur gewandt...«

»An diesen Zauberer«, rief Firmenta aus, »jenen bösen Geist, der nur Spaß daran findet, Übel anzurichten, und mit dem ich ständig in Fehde liege?...«

»An eben jenen, gute Fee!«

»Diesen Gardafur, dessen fürchterliche Macht nichts anderes versucht, als alle Wesen, die sich Stück um Stück zu den höheren Stufen hochrappeln, zum Anfang der Entwicklungsleiter zurückzuschicken?...«

»Wie Ihr sagt!«

»Glücklicherweise ist Gardafur seiner Macht gerade für einige Zeit enthoben worden, weil er sie ausgenutzt hat...«

»Das ist wohl wahr«, antwortete Ratin. »Aber als der Prinz bei ihm um Unterstützung nachsuchte, war er noch im Vollbesitz seiner Zauberkraft. Und so hat er ihm, ebenso von den Versprechungen des Edelmannes verlockt wie durch dessen Drohungen verschreckt, versprochen, ihn für die Mißachtung durch die Familie Raton zu rächen!«

»Und hat er's getan?...«

»Er hat es getan, gute Fee!«

»Und wie?«

»Er hat die braven Ratten verwandelt!«

»Verwandelt in was?«

»In Austern, die jetzt auf der Bank von Samobrives vor sich hinkümmern, wo die Weichtiere – von hervorragender Güte, muß ich dazu bemerken – drei Franken im Dutzend wert sind, was ganz natürlich ist, weil sich doch die Familie Raton unter ihnen befindet! Jetzt kennt Ihr, gute Fee, mein ganzes Unglück!«

Firmenta hörte diesem Bericht des jungen Ratin voller Mitleid und Wohlwollen zu. Sie nahm überhaupt gerne Anteil an menschlichen Leiden, und ganz besonders an gefährdeten Liebesverhältnissen.

»Was kann ich für Euch tun?« fragte sie.

»Gute Fee«, antwortete Ratin, »da meine Ratine an der Bank von Samobrives festklebt, macht mich doch auch zur Auster, damit ich den Trost habe, dort in ihrer Nähe leben zu können!«

Das wurde so traurig vorgebracht, daß die Fee ganz ergriffen war. Und so nahm sie die Hand des schönen Jünglings und sprach zu ihm:
»Ratin, selbst wenn ich bereit wäre, Euch diesen Wunsch zu erfüllen, würde es mir doch nicht gelingen. Ihr wißt, daß es mir verwehrt ist, die Lebewesen die Stufenleiter der menschlichen Entwicklung hinuntersteigen zu lassen! Wenn ich Euch nicht in das Weichtierstadium zurückversetzen kann – was doch ein recht demütigender Zustand ist –, so kann ich immerhin Ratine aufsteigen lassen...«
»Oh, macht das, gute Fee, macht das!«
»Aber sie muß die dazwischenliegenden Stadien durchlaufen, bevor sie wieder die bezaubernde Ratte wird, der es beschieden ist, einmal ein junges Mädchen zu sein. Seid also geduldig! Ordnet Euch den Naturgesetzen unter! Und habt Vertrauen...«
»In Euch, gute Fee?...«
»Ja, in mich! Ich werde alles tun, um Euch zu helfen. Vergessen wir dabei aber nicht, daß wir schreckliche Kämpfe auszustehen haben. Im Prinzen Kissador habt Ihr einen mächtigen Feind, mag er auch der einfältigste aller Prinzen sein. Und wenn Gardafur seine Macht wiedererlangen würde, ehe Ihr Gatte der schönen Ratine seid, würde es mir schwerfallen, ihn zu besiegen, denn dann wäre er mir wieder ebenbürtig!«
An diesem Punkt der Unterhaltung zwischen der Fee Firmenta und Ratin machte plötzlich eine dünne Stimme auf sich aufmerksam. Woher diese Stimme kam? Das schien schwer herauszufinden.
Und diese Stimme sagte:
»Ratin!... Mein armer Ratin... ich liebe dich!...«
»Das ist Ratines Stimme«, rief der schöne Jüngling aus. »Ach, Frau Fee, habt Mitleid mit ihr!«
Wirklich, Ratin benahm sich wie ein Wahnsinniger. Er lief durch den Saal, sah unter die Möbel, öffnete die Anrichten, im Glauben, Ratine könne dort versteckt sein, und fand sie doch nicht!
Mit einer Geste gebot ihm die Fee einzuhalten.

Und da, meine lieben Kinder, geschah etwas Sonderbares. Auf dem Tisch lagen, in einer Silberschüssel angeordnet, ein halbes Dutzend Austern, die direkt von der Bank von Samobrives kamen. In ihrer Mitte befand sich die hübscheste mit ihrem schimmernden und wohlbesäumten Gehäuse. Und auf einmal wird sie größer, erweitert und entwickelt sich und öffnet schließlich ihre beiden Schalen. Aus den Falten der Halskrause macht sich ein anbetungswürdiges Gesichtchen frei, mit weizenblondem Haar, den zwei süßesten Äuglein der Welt, einem kleinen geraden Näschen und bezauberndem Mund, der immer wieder sagt:
»Ratin!...Mein lieber Ratin!«

»Das ist sie!« ruft der schöne Jüngling.
Ja, das war sie tatsächlich, er hatte Ratine wohl erkannt. Ihr müßt nämlich wissen, meine lieben Kinder, daß zu diesen glücklichen Zauberzeiten die Wesen schon ein menschliches Gesicht hatten, selbst bevor sie dem Menschengeschlecht angehörten.
Und wie hübsch Ratine unter dem Perlmutt ihrer Schale war! Wie ein Juwel in seinem Schmuckkästchen!
Und da begann sie zu sprechen:
»Ratin, mein lieber Ratin, ich habe alles gehört, was du gerade der guten Frau Fee gesagt hast, und Ihr, Frau Fee, wart so gütig zu versprechen, all das Unheil, das uns der

niederträchtige Gardafur zugefügt hat, wieder in Ordnung zu bringen! Oh, verlaßt mich nicht, denn wenn er mich in eine Auster verwandelt hat, dann deshalb, damit ich nicht mehr fliehen kann! Dann wird der Prinz Kissador kommen, um mich von der Bank abzulösen, auf der meine Familie festklebt; er wird mich mitnehmen, er wird mich in seinen Fischteich setzen, und ich werde auf immer für meinen armen lieben Ratin verloren sein!«

Ihre Stimme klang so traurig, daß der junge Mann tief erschüttert kaum etwas zu entgegnen vermochte:

»Oh, meine Ratine!« murmelte er.

Und in einem Schwung zärtlicher Liebe streckte er ihr seine Hand entgegen, aber da hielt ihn die Fee zurück. Und nachdem sie vorsichtig eine Perle herausgenommen, die sich am Grunde der Muschelschale gebildet hatte, sagte sie ihm:

»Nimm diese Perle.«

»Diese Perle, gute Fee?«

»Ja, sie ist ein großes Vermögen wert. Das kann dir später einmal nützlich sein. Nun werden wir Ratine wieder zur Bank von Samobrives zurückbringen, und dort lasse ich sie eine Stufe höher steigen...«

»Nicht allein, gute Fee«, bat Ratine beschwörend. »Denkt an meinen guten Vater Raton, meine gute Mutter Ratonne, an meinen Vetter Raté! Denkt an unsere treuen Diener Rata und Ratane!...«

Aber während sie so sprach, schlossen sich die Muschelschalen langsam wieder und nahmen ihre gewöhnlichen Ausmaße an.

»Ratine!« rief der Jüngling.

»Nimm sie mit!« sagte die Fee.

Und nachdem er sie hochgehoben, preßte Ratin die Muschel an seine Lippen. Umschloß sie nicht, was ihm das Teuerste war auf Erden?

III

Das Meer steht tief. Sanft schlägt die Brandung auf den Fuß der Bank von Samobrives. Da liegen Wasserpfützen zwischen den Felsen. Der Granit glänzt wie poliertes Ebenholz. Man stakst über glitschigen Tang, dessen Schoten beim Zerplatzen kleine Fontänen verspritzen. Aufpassen muß man, um nicht auszugleiten, denn ein Sturz wäre schmerzvoll. Welche Menge an Mollusken auf dieser Bank: gemeine Strandschnecken, die wie dicke Landschnecken aussehen, Miesmuscheln, Venusmuscheln, Mackeln und vor allem Austern, zu Tausenden!

Ein halbes Dutzend der schönsten versteckt sich unter den Seepflanzen. Ich habe mich verzählt: es sind nur fünf. Der Platz der sechsten ist unbesetzt!

Da öffnen sich gerade die Austern unter den Sonnenstrahlen, um die frische Meeresbrise einzuatmen. Gleichzeitig entringt sich ihnen ein seltsamer Gesang, klagend wie die Litanei der Karwoche.

Die Deckel dieser Weichtiere haben sich langsam gespreizt. Zwischen ihren durchsichtigen Säumen zeichnen sich ein paar Gesichter ab, die man leicht wiedererkennt. Das eine gehört Raton, dem Vater, einem Philosophen und Weisen, der das Leben in all seinen Erscheinungsweisen hinzunehmen weiß.

»Sicher«, denkt er bei sich, »wieder Molluske zu werden, wenn man schon mal Ratte war, das ist doch einigermaßen unerfreulich. Aber man muß sich darein schicken und die Dinge nehmen, wie sie nun einmal sind!«

In der zweiten Auster schneidet ein verdrossenes Gesicht Grimassen und schickt mit seinen Augen wütende Blitze aus. Vergeblich versucht es, sich aus seiner Schale herauszuwinden! Madame Ratonne ist das, und sie sagt:

»Mich in dieses Muschelschalengefängnis einzuschließen, mich, die ich in unserer Stadt Rattopolis den ersten Rang eingenommen habe! Mich, die ich in der menschlichen Phase Edeldame geworden wäre, Prinzessin... vielleicht!... Ahrr! elender Gardafur!«

In der dritten Auster zeigt sich das dümmliche Gesicht von Vetter Raté, einem freimütigen Tölpel, der ziemlich feige ist und beim mindesten Geräusch seine Ohren aufrichtet wie ein Hase. Ihr sollt wissen, daß er in seiner Eigenschaft als Vetter selbstverständlich seiner Base den Hof machte. Ratine aber, das ist nun bekannt, liebte einen anderen, und auf diesen anderen war Raté aus vollem Herzen eifersüchtig.
»Ach!« machte er, »ach, von zwei Muschelschalen plattgedrückt zu werden, welches Schicksal! Als ich Ratte war, konnte ich wenigstens rennen, weglaufen, den Katzen und Rattenfallen aus dem Wege gehen! Aber hier genügt es, daß man mich mit einem Dutzend meinesgleichen einsammelt, und das grobschlächtige Messer einer Austernhändlerin wird mich rücksichtslos öffnen, und ich habe meinen Auftritt auf dem Tisch eines Reichen, und werde dann verschlungen... lebend vielleicht!«

In der vierten Auster steckte der Koch Rata, ein Meister seines Fachs, der sehr stolz auf seine Fähigkeiten und sehr eingenommen vom eigenen Wissen war.
»Verdammter Gardafur!« rief er aus. »Wenn ich ihn jemals in meiner Hand halten sollte, dann werde ich ihm mit der anderen den Hals umdrehen! Ich, Rata, der so wunderbare Gerichte zustande bringen konnte, daß ihnen mein Name geblieben ist, ausgerechnet ich – eingeklebt zwischen zwei Muscheldeckeln! Und meine Frau Ratane...«

»Ich bin hier«, meldete sich eine Stimme, die aus der fünften Auster kam. »Gräme dich nicht, mein armer Rata! Kann ich auch nicht näher zu dir rücken, bin ich nichtsdestoweniger an deiner Seite, und wenn du die Entwicklungsleiter wieder hochsteigst, dann steigen wir sie zusammen hoch!«
Gute Ratane! Ein rundes Dickerchen, einfach, bescheiden, in großer Liebe dem Gatten zugetan und wie dieser ganz den Herrschaften ergeben.
Und dann begann die traurige Litanei in düsterer Tonart von neuem. Einige Hundert vom Glück verlassener und ihrerseits der Erlösung harrender Austern schlossen sich dem Klagekonzert an. Das schnürte euch das Herz zu! Und welch ein Übermaß an Schmerz für Raton, den Vater, und Madame Ratonne, hätten sie gewußt, daß ihre Tochter nicht mehr unter ihnen war!
Plötzlich verstummte alles. Die Muscheldeckel schlossen sich wieder.
Gardafur hatte gerade den Strand erreicht: in sein langes Zaubergewand gehüllt und mit seiner sattsam bekannten Mütze auf dem Kopf, lehrte einem sein bösartiger Gesichtsausdruck das Fürchten. Gleich neben ihm marschierte der reichbekleidete Prinz Kissador. Man wird sich nur schwer vorstellen können, in welchem Maße dieser hohe Herr von seiner Person eingenommen war, und auf wie lächerliche Weise er sich die Hüften verrenkte, um anmutig zu wirken.
»Wo sind wir?« fragte er.
»Auf der Bank von Samobrives, mein Prinz«, antwortete Gardafur kriecherisch.
»Und diese Familie Raton?...«
»Immer noch an der Stelle, wo ich sie Euch zu Gefallen eingekrustet habe!«
»Ach, Gardafur«, fuhr der Prinz fort und zwirbelte dabei seinen Schnurrbart, »diese kleine Ratine! Ich bin verzaubert von ihr! Sie muß mir gehören! Ich bezahle dich für deine Dienste, und wenn du keinen Erfolg hast, sei auf der Hut!...«

»Prinz«, antwortete Gardafur, »wenn ich die ganze Rattenfamilie auch in Mollusken verwandeln konnte, ehe mir meine Macht entzogen wurde, so hätte ich aus ihnen doch keine Menschenwesen machen können. Über diese Macht verfügt nur die Fee Firmenta!...«
»Und weshalb, Gardafur, weshalb hast du dich nicht mit ihr zusammengetan?«
»Ich hab es ihr vielemal angeboten, mein Prinz. Zusammen wären wir beide die Beherrscher der Welt geworden!... Sie hat mich zurückgewiesen!«
»Nichtsnutz!« schimpfte der Prinz, dessen Dünkel ohnegleichen war. »Ich – ich hätte es ihr schon gezeigt! Schluß jetzt, wo ist die Auster der kleinen Närrin?«
Eben hatten die beiden ihren Fuß auf die Bank gesetzt, um sich zu der Stelle zu begeben, wo Gardafur Ratine zu finden glaubte, als auf der anderen Seite des Strandes zwei weitere Personen auftauchten.
Es waren die Fee Firmenta und der junge Ratin. Auf seinem Herzen preßte jener die Doppelschale, die seine Geliebte umschloß.
Plötzlich erblickten sie Prinz und Zauberer. Der junge Mann erbleichte.
»Gardafur«, sprach die Fee, »was hast du hier vor? Wieder mal ein schandhaftes Machwerk vorbereiten?«
»Firmenta«, entgegnete der Zauberer, »warum hast du dich geweigert, deine Macht mit meiner zu vereinen?...«
»Der Geist des Guten vereint mit dem Geist des Bösen? Niemals!«
»Firmenta«, sagte darauf der Prinz Kissador, »du weißt, ich bin versessen auf die hinreißende Ratine, die unvorsichtig genug war, einen Edelmann meines Schlages zurückzuweisen, und die so ungeduldig der Stunde harrt, da du sie zum jungen Mädchen machst.«
»Wenn ich sie in ein junges Mädchen verwandle«, antwortete Firmenta, »dann um sie dem zu geben, den sie vorzieht.«
»Diesem Flegel!« erwiderte der Prinz. »Diesem Ratin, aus

dem Gardafur im Handumdrehen einen Esel machen wird, sobald ich ihm erst die Ohren langgezogen habe!«
Bei dieser Beleidigung sprang der junge Mann auf. Er wollte sich auf den Prinzen stürzen, um ihn für seine Unverschämtheit zur Rechenschaft zu ziehen, doch die Fee ergriff ihn bei der Hand.
»Zügle deinen Zorn«, sagte sie ihm. »Die Zeit der Rache ist noch nicht gekommen, aber eines Tages werden sich die Beleidigungen des Prinzen gegen ihn wenden. Tu, was du zu machen hast, und laß uns gehen.«
Ratin gehorchte, und nachdem er sie ein letztesmal an seine Lippen gedrückt hatte, legte er die Auster an die Stelle, die sie zuvor eingenommen hatte, zurück in die Mitte ihrer Familie. Dann gingen die Fee und er fort.
Aber dem Prinzen Kissador und dem Zauberer Gardafur war nicht entgangen, was da eben passiert war. Es wäre ihnen ein leichtes gewesen, sich Ratines zu bemächtigen, wenn in diesem Moment nicht die Flut begonnen hätte, die Bank von Samobrives zuzudecken. Alle beide hatten gerade noch Zeit, sich selbst in Sicherheit zu bringen.
Bald hatte das Wasser die letzten Spitzen erfaßt, und alles verschwand bis zum Horizont in der weiten See, deren Kontur sich mit der des Himmels vermengte.

IV

Einige höherragende Felsen zur rechten Seite sind allerdings unbedeckt geblieben. Die Flut wird ihre Gipfel nicht erreichen können, selbst wenn der Sturm seine Wogen an die Küste wirft.
Hierhin haben sich Prinz und Zauberer geflüchtet. Hier bedroht sie keine Gefahr. Wenn sie weiter hochsteigen, können sie immer noch das Festland erreichen. Sobald die Bank trocken ist, werden sie sich die kostbare Auster holen, die Ratine birgt, und sie mitnehmen.
Der Prinz ist allerdings wütend. So mächtig die Prinzen und selbst die Könige auch waren, gegen die Feen ver-

mochten sie damals doch nichts auszurichten, und uns erginge es ebenso, wenn wir jemals in diese glückliche Zeit zurückkehren würden.
Doch da erscheinen die Fee und der junge Ratin wieder am Saume des Strandes. Schnell verstecken sich der Prinz Kissador und Gardafur, um sie zu beobachten, ohne selbst gesehen zu werden. Das sollte sich zunächst als eine gute, dann aber als eine schlechte Idee erweisen; wir werden es noch sehen.
Der Jüngling hielt sich an der Seite der Fee Firmenta, die zu ihm sprach:
»Jetzt, da das Meer hoch steht, werden Raton und die Seinen eine Stufe der Menschlichkeit näherrücken. Aus Weichtieren werde ich sie zu Fischen machen, und in dieser Gestalt haben sie nichts mehr von ihren Feinden zu fürchten.«
»Auch nicht, wenn man nach ihnen fischt?...« gab Ratin zu bedenken.

»Sei unbesorgt, ich werde über sie wachen.«
Unglücklicherweise hatte Gardafur die Fee gehört und sich einen Plan zurechtgelegt.
»Folgt mir, mein Prinz«, sagte er und begab sich aufs Festland. Der Prinz Kissador folgte, von Ungeduld verzehrt.
Da richtete die Fee ihren Zauberstab auf die unter dem Wasser versteckte Bank von Samobrives. Die Austern der Familie Raton öffneten sich. Heraus kamen zappelnde Fische, die sich über diese neue Verwandlung freuten.
Raton, der Vater – ein aufrechter und würdiger Steinbutt mit Knötchen auf der bräunlichen Flanke, der euch, wenn er nicht ein menschliches Antlitz gehabt, mit seinen zwei großen auf der linken Seite angeordneten Augen angeschaut hätte.
Madame Ratonne – ein Drachenkopf mit starkem Stachel auf seinem Kiemendeckel und spitzen Dornen auf der ersten Rückenflosse, überdies sehr schön durch seine changierenden Farben.
Fräulein Ratine – ein hübscher und eleganter Goldfisch, fast durchsichtig und sehr anziehend in seinem Kleid aus Schwarz, Gold und Azur.
Rata – ein wilder Meerhecht mit länglichem Körper, einem von Auge zu Auge gezogenen Maul, spitzen Zähnen, mit wütender Miene wie ein Hai im Kleinformat, und von überraschender Freßgier.
Ratane – eine dicke lachsartige Forelle mit Pfauenaugen, zinnoberroter Färbung, zwei auf silbernem Schuppengrund gemalten Halbmonden, die dem Tisch eines Feinschmeckers alle Ehre gemacht hätte.
Schließlich Vetter Raté – ein Wittling mit grünlich-grauem Rücken. Aber durch eine Laune der Natur oder vielleicht durch eine Gemeinheit von Gardafur ist er nur zur Hälfte Fisch geworden! Jawohl – sein äußerstes Körperende wird, statt auf einen Schwanz hinauszulaufen, noch von zwei Austernschalen umschlossen! Ist das nicht der Gipfel des Lächerlichen? Armer Vetter!
Und alle, Wittling, Forelle, Hecht, Goldfisch, Drachen-

kopf und Steinbutt, haben sich im klaren Wasser aneinandergereiht, am Fuße jenes Felsens, auf dem Firmenta ihren Zauberstab geschwungen hatte, und schienen sagen zu wollen:
»Danke, gute Fee, Dank!«

V

Auf diese Gelegenheit hatte Gardafur nur gewartet, um seine gemeinen Pläne in die Tat umzusetzen. Schon zeichnet sich eine vom Meere herannahende Masse immer klarer ab. Eine Schaluppe mit großem rötlichen Focksegel und luvwärtsgerichtetem Klüver ist das. Von einer frischen Brise getrieben, erreicht sie die Bucht.
An Bord sind der Prinz und der Zauberer, und ihnen soll die Mannschaft ihren ganzen Fischfang verkaufen.
Das Schleppnetz ist aufs Meer geworfen worden. In diesem weiten Sack, den man über den sandigen Grund zieht, sammeln sich zu Hunderten alle Arten Fische, Mollusken und Krustentiere, Krabben, Garnelen, Hummer, Rotzungen, Seezungen, Rochen, Barben, Meerengel, Drachenköpfe, Goldfische, Steinbutte, Barsche, Rötlinge, Knurrhähne, Meeräschen, Streifenbarben und viele andere mehr!
Welch eine Gefahr für die gerade erst aus ihren Schalengehäusen befreite Familie Raton! Wenn sie unglücklicherweise vom Schleppnetz eingefangen wird, gibt es für sie kein Entrinnen mehr!
Dann werden Steinbutt, Drachenkopf, Hecht, Forelle und Wittling von der groben Hand der Matrosen in die Körbe der Fischhändler geworfen, in irgendeine große Hauptstadt befördert, zuckend noch auf dem Marmortisch des Verkäufers ausgenommen, während der Goldfisch vom Prinzen mitgenommen und für seinen Geliebten Ratin auf immer verloren sein wird!
Da ändert sich plötzlich das Wetter. Das Meer schwillt an und beginnt zu brodeln. Der Wind pfeift. Das Gewitter bricht aus. Es ist ein Unwetter, ein Sturm.

Das Boot wird von den Wogen schrecklich durchgeschüttelt. Es hat keine Zeit mehr, sein Netz einzuziehen, das schon zerreißt; und trotz aller Anstrengungen des Untersteuermannes driftet es zur Küste ab und zerschellt an den Felsen. Dem Prinzen Kissador und dem Zauberer Gardafur gelingt es knapp, dem Schiffbruch zu entrinnen. Unglücklicherweise werden sie gerettet, dank der Aufopferung der Fischer.

Die gute Fee, meine lieben Kinder, hat dieses Gewitter entfesselt, um die Familie Raton zu retten. Dort steht sie, auf einem hohen Felsen, in Begleitung des schönen Jünglings, und mit ihrem wunderbaren Zauberstab in der Hand.

Nun können Raton und die Seinen in dem Wasser, das sich beruhigt, wieder vergnügt zappeln. Der Steinbutt dreht und wendet sich, der Drachenkopf zieht kokette Runden, der Hecht öffnet und schließt seine kräftigen Kiefer und reißt dabei kleine Fische ins Verderben, die Forelle gibt ihrer Dankbarkeit Ausdruck und der Wittling, den seine

Muschelschalen behindern, kommt nur linkisch voran. Der hübsche Goldfisch scheint darauf zu warten, daß sich Ratin zu ihm ins Wasser stürzt. Ja, das würde er auch gern, aber die Fee hält ihn zurück.
»Nein«, sagt sie, »nicht bevor Ratine die Gestalt angenommen hat, in der sie dir zuerst zu gefallen wußte!«

VI

Eine sehr hübsche Stadt, diese Stadt Rattopolis. Sie liegt in einem Königreich, dessen Namen ich vergessen habe, das aber weder in Europa noch in Asien, Afrika, Ozeanien oder Amerika zu finden ist, obwohl es irgendwo schon sein muß.
Jedenfalls ähnelt die Landschaft um Rattopolis ziemlich einer holländischen. Frisch und grün ist sie, sauber, hat Flüsse mit kristallklarem Wasser, von schönen Bäumen überschattete Lauben, fruchtbare Wiesen, auf denen die glücklichsten Herden der ganzen Welt weiden.
Wie alle Städte hat Rattopolis Straßen, Plätze, Boulevards; allerdings werden diese Boulevards, Plätze und Straßen statt von Häusern von wunderbaren Käsen gesäumt: Gruyères, roten Rindenkäsen, Mareuils, Chesters in zwanzig Sorten. In ihrem Innern sind Etagen mit Wohnungen und Zimmern ausgehöhlt. Hier lebt, unter der Republik, eine zahlreiche Bevölkerung einsichtiger, schlichter und vorausschauender Ratten.[2]
Es mochte wohl Sonntag abend sein, gegen sieben Uhr. Ratten und Rättinnen promenierten in der Familie, um noch einmal frische Luft zu schnappen. Nachdem man eine ganze Woche damit verbracht hatte, die häuslichen Vorräte zu erneuern, ruhte man am siebenten Tage aus.
Aber der Prinz Kissador war auch in Rattopolis, gefolgt vom unzertrennlichen Gardafur. Als sie erfahren hatten, daß die Familie Raton nach einer gewissen Zeit Fischdaseins wieder zu Ratten geworden war, begannen sie erneut damit, geheime Hinterhalte gegen sie auszuhecken.

• Rattopolis •

»Wenn ich darüber nachdenke«, sagte der Prinz einmal mehr, »daß sie ihre neuerliche Verwandlung wieder dieser verflixten Fee verdanken!«
»Ach, halb so schlimm!« antwortete Gardafur. »Jetzt werden sie wieder leichter zu fangen sein! Fische, die entkommen viel zu schnell! Da sie wieder Ratten und Rättinnen sind, werden wir uns schon ihrer zu bemächtigen wissen.«
»Mögest du recht behalten, Gardafur!«
»Und ist sie erst einmal in Eurer Macht«, fügte der Zauberer hinzu, »wird die schöne Ratine vor lauter Liebe zu Eurer Hoheit schier vergehen.«
Bei diesen Worten blies sich der Laffe von Prinz auf, stolzierte hochtrabend umher und warf den hübschen Rättinnen verstohlene Blicke zu.
»Gardafur«, bohrte er, »wir haben keine Minute zu verlieren!«
»Alles ist vorbereitet, mein Prinz, und Ratine wird der Falle, die ich ihr gelegt habe, nicht entkommen.«
»Wo ist denn diese Falle?...«
»Hier!«
Und Gardafur wies auf eine elegante Laubwiege in einer Ecke des Platzes.
»Mit dieser Wiege willst du Ratine fangen?«
»Jawohl, mein Prinz.«
»Und wie?...«
»Ihr werdet's sehen, und ich verspreche Euch, daß sich die Schöne noch heute im Palast Eurer Hoheit befinden wird. Und ist sie dort, wie könnte sie sich dem Anmut Eures Geistes und dem Liebreiz Eurer Person noch länger entziehen?«
Und der Dummkopf ließ sich diese plumpen Schmeicheleien des Zauberers wohl gefallen!
»Da ist sie ja schon!« sagte Gardafur. »Kommt, mein Prinz, sie darf uns nicht sehen.«
Beide versteckten sich in der anliegenden Straße.
Ja, das war Ratine, allerdings begleitete sie Ratin zu ihrer Unterkunft. Wie bezaubernd sie mit ihrem hübschen

Blondkopf und ihrer anmutigen Rättinnenfigur aussah! Und der Jüngling sagte zu ihr:
»Ach, liebe Ratine, warum bist du noch kein Mädchen! Wenn ich Ratte hätte werden können, um dich auf der Stelle zu heiraten, würde ich nicht gezögert haben. Aber das ist unmöglich!«
»Nun, mein lieber Ratin, so müssen wir warten...«
»Warten! Immer nur warten!«
»Was macht das, da du weißt, daß ich dich liebe und immer nur dir gehören werde! Außerdem beschützt uns die gute Fee, und wir haben nichts mehr zu fürchten, weder von dem bösen Gardafur noch von dem Prinzen Kissador...«
»Diesem Unverschämten«, entfuhr es Ratin, »diesem Narren, den ich schon zurechtweisen werde...«
»Nein, mein lieber Ratin, nein! Suche du keinen Streit mit ihm! Er ist mächtig! Er hat seine Wachen, die ihn beschützen... Du würdest unterliegen, und was würde dann aus mir? Habe Geduld, weil es nötig ist, und Zuversicht, weil ich dich liebe!«
Ratine sagte das so gefühlvoll, daß ihr der Jüngling nicht hätte widerstehen können. Er drückte sie an sein Herz und küßte ihr die kleinen Pfoten.
Und als sie sich vom Spaziergang etwas ermüdet fühlte, sagte sie ihm:
»Da, Ratin, ist schon die Wiege, in der ich mich immer ausruhe! Geh du schon nach Hause und richte meinen Eltern aus, daß sie mich zum Fest hier wiederfinden werden.«
Und Ratine schlüpfte in die Laube hinein.
Plötzlich ertönte ein trockener Knall, wie das Klappen einer zurückschnellenden Feder...
Unter dem Laubwerk war eine heimtückische Rattenfalle versteckt, und Ratine hatte ahnungslos den Auslöser berührt. Brüsk war vor der Laube ein Gitter niedergegangen, und jetzt war sie gefangen!
Ratin stieß einen Wutschrei aus, dem der Verzweiflungsschrei Ratines antwortete und das Triumphgebrüll Gar-

dafurs folgte, der zusammen mit dem Prinzen Kissador herbeigelaufen kam.
Vergebens machte sich der Jüngling am Gitterwerk zu schaffen, um die Stäbe zu brechen! Von der Wut übermannt, wollte er sich auf den Prinzen stürzen, um ihn zu erwürgen. Aber auf ein Zeichen Gardafurs erschienen zwölf seiner Diener. Ratin sah ein, daß er nicht mehr für Hilfe und Beistand sorgen könne, wenn er sich gefangennehmen ließe. Das beste war, Unterstützung zu holen, um die unglückliche Ratine ihrem Entführer zu entreißen. Das tat Ratin und lief auf die Hauptstraße von Rattopolis.
Unterdessen war Ratine aus der Rattenfalle herausgeholt worden, und der Prinz Kissador sagte ihr mit unübertrefflicher Ritterlichkeit:
»Jetzt hab ich dich, Kleines, und du wirst mir nicht mehr entkommen!«

VII

Die Familie Raton wohnte in einem der elegantesten Häuser von Rattopolis – einem herrlichen holländischen Käse. Salon, Speisezimmer, Schlafgemächer, alle nötigen Räume für die Bediensteten waren geschmackvoll und komfortabel eingerichtet. Raton und die Seinen gehörten nämlich zur gesellschaftlichen Spitze der Stadt und erfreuten sich allgemeiner Hochachtung.
Die Rückkehr in seinen vormaligen Stand hatte das Herz dieses würdigen Philosophen nicht anschwellen lassen. Was er gewesen war, würde er immer bleiben, bescheiden in seinen Ansprüchen, ein richtiger Weiser, aus dem La Fontaine den Präsidenten seines Rattenrats gemacht hätte: Man hätte stets mit Gewinn seinen Urteilen folgen können.[3]
Allein, er war gichtig geworden und ging auf einer Krücke, wenn ihn die Gicht nicht in seinem großen Sessel zurückhielt. Er führte das auf die Feuchtigkeit der Austernbank von Samobrives zurück, wo er einige Monate hatte vegetieren müssen. Auch wenn er die berühmtesten Heilbäder mit dem besten Ruf besucht hatte, war er nur noch gichtiger zurückgekehrt. Das war um so ärgerlicher für ihn, als ihn jene Gicht – ein merkwürdiges Phänomen – für jede weitere Metamorphose untauglich machte. Die Seelenwanderung konnte sich nämlich nicht bei den Individuen entfalten, die von dieser Krankheit der Reichen befallen waren. Raton würde also so lange Ratte bleiben, wie er gichtig war.
Ratonne aber war keine Philosophin. Versetzt euch nur in ihre Lage, wenn sie erst zur Dame und Edeldame befördert wäre und eine einfache Ratte zum Gemahl hätte, und dazu noch eine gichtige Ratte! Da würde sie vor Schmach ja vergehen! Und so war sie auch zänkischer und reizbarer als jemals zuvor, suchte Händel mit dem Gatten, schimpfte auf die Bediensteten, weil schlecht erteilte Anweisungen schlecht ausgeführt wurden, machte so dem ganzen Haus das Leben zur Hölle!

»Ihr habt wieder gesund zu werden, mein Herr«, sagte sie, »und ich werde Euch schon dazu zu zwingen wissen!«
»Ich verlange ja gar nichts anderes, meine Gute«, antwortete Raton, »aber ich fürchte, daß das wohl unmöglich ist, und ich werde mich damit abfinden müssen, Ratte zu bleiben...«
»Ratte! Ich, Gattin einer Ratte! Wie würde ich denn dastehen?... Und dann noch unsere Tochter verliebt in diesen Jungen ohne Sou in der Tasche!... Welche Schande! Nehmt einmal an, ich würde eines Tages Prinzessin, dann wird Ratine auch Prinzessin sein...«
»Und ich bin dann Prinz«, meinte Raton nicht ohne Schadenfreude.
»Ihr! Prinz, mit Schwanz und Pfoten! Seht euch nur diesen schönen Edelmann an!«
Auf diese Weise hörte man Madame Ratonne den ganzen Tag herumnörgeln! Meistens versuchte sie, ihre schlechte Laune an Vetter Raté auszulassen. Allerdings forderte der arme Vetter auch ständig dazu heraus, daß man sich über ihn lustig machte.
Wieder einmal war seine Umwandlung nicht vollständig gelungen. Ratte war er nur zur Hälfte – vorne Ratte, hinten Fisch mit Wittlingsschwanz, was ihn ganz und gar grotesk aussehen ließ. Versucht einmal, in dieser Verfassung

der schönen Ratine oder den anderen hübschen Rättinnen von Rattopolis zu gefallen!
»Was hab ich der Natur denn getan, daß sie mich so behandelt«, schrie er, »was hab ich ihr denn getan?«
»Willst du gefälligst diesen widerlichen Schwanz verstekken!« sagte Madame Ratonne.
»Kann ich doch nicht, Tante!«
»Gut, dann schneid ihn ab, Dummkopf, schneid ihn ab!«
Und Koch Rata erbot sich, besagten Schnitt auszuführen. Aber da schritt die gute Ratane ein und verwandte sich zugunsten des Vetters. Dabei hätte es der geschickte Küchenchef schon verstanden, den Wittlingsschwanz auf meisterliche Weise zuzubereiten. Welches Festmahl für einen Festtag wie diesen!
Ein Festtag in Rattopolis? Jawohl, meine lieben Kinder! Und die Familie Raton hatte sich vorgenommen, an den öffentlichen Belustigungen teilzunehmen. Sie wartete nur noch auf Ratines Rückkehr, um aufzubrechen.
Da hielt auf einmal eine Kutsche vor der Haustür. Die gehörte der in ein brokat-goldenes Gewand gekleideten Fee Firmenta, die ihre Schützlinge besuchen kam. Die Freundschaft, die sie ihnen gegenüber empfand, war unverändert. Mochte sie auch manchmal über Ratonnes lächerliche Geltungssucht, Ratas alberne Angebereien, Ratanes Dummheiten und Vetter Ratés Gejammer schmunzeln, so hielt sie doch große Stücke auf Ratons gesunden Menschenverstand, vergötterte die reizende Ratine und setzte sich für das Gelingen ihrer Heirat ein.
Und in ihrer Gegenwart wagte Madame Ratonne nicht mehr, dem schönen Jüngling vorzuwerfen, nicht einmal Prinz zu sein.
Man bereitete der Fee also einen freundlichen Empfang, ohne den Dank zu vergessen für all das, was sie für sie schon getan hatte und wohl noch tun würde.
»Weil wir Euch doch so brauchen, gute Fee!« sagte Ratonne. »Ach ja, und wann werde ich Dame?«
»Geduld!« antwortete Firmenta, »Geduld! Ihr müßt noch

die letzten Stadien durchschreiten, und das braucht seine Zeit.«
»Könnte man dem nicht nachhelfen?...«
»Das wäre gegen die Natur.«
»Aber warum will sie, daß ich einen Wittlingsschwanz habe, obwohl ich wieder Ratte geworden bin?« jaulte der Vetter und zog eine mitleiderregende Grimasse. »Frau Fee, könnte man mich davon nicht befreien?«
»Nein, leider nicht!« antwortete Firmenta. »Dieser Schwanz ist Bestandteil Eurer Person. Er müßte schon durch die nächste Verwandlung verschwinden. Wahrlich, Ihr habt kein Glück! Vielleicht will es Euer Name, daß Ihr so mißraten seid. Wollen wir hoffen, daß Ihr keinen Rattenschwanz behaltet, wenn Ihr zum Vogel werdet!«
»Oh, wenn es dazu kommen wird«, rief Madame Ratonne, »dann möchte ich die Käfigkönigin sein!«
»Und ich König des Hühnerhofs!« sagte Rata.
»Und ich eine schöne dicke, mit Trüffeln gefüllte Truthenne«, fügte Ratane naiv hinzu.
»Ihr werdet sein, was ihr sein werdet«, philosophierte Vater Raton. »Ich für mein Teil bin Ratte und bleibe es, dank meiner Gicht, und das ist alles in allem auch besser so, als sich die Federn auszurupfen wie so viele Vögel aus meiner Bekanntschaft!«
»Welch ein Wesen!« murmelte seine Gattin verächtlich.
In diesem Moment öffnete sich die Tür. Der junge Ratin trat ein, blaß und aufgelöst. In wenigen Worten hatte er die Geschichte mit der Rattenfalle erzählt, und wie Ratine in den Hinterhalt des niederträchtigen Gardafur gelaufen war.
»Ah! So ist das«, antwortete die Fee. »Du willst weiterkämpfen, verfluchter Zauberer! Sei es – dann kämpfen wir beide!«

Ja, meine lieben Kinder, ganz Rattopolis feiert, und ihr wärt begeistert gewesen, wenn euch eure Eltern nur hätten dorthin führen können. Urteilt selbst! Überall große Bögen mit Transparenten in tausend Farben, Laubbögen über den beflaggten Straßen, mit Tapisserien geschmückte Häuser, Feuerwerkskörper, die sich in der Luft kreuzen, Musik an jeder Wegeskreuzung, und ich bitte euch, mir zu glauben: die Ratten könnten noch den besten Gesangvereinen der Welt etwas beibringen. Sie haben feine, sanfte Stimmen, sanfte Flötenstimmen von unaussprechlichem Zauber. Wenn sie so singen, meint man, ein ganzes Harmonieorchester zu hören. Und wie sie die Werke ihrer Komponisten interpretieren, all der Rattini, Rattgner, Rattenet und so vieler anderer Meister![4]
Was aber eure uneingeschränkte Bewunderung erregt hätte, das ist ein Umzug aller Ratten des Universums und all derer, die, ohne Ratten zu sein, doch diesen vielsagenden Namen verdient haben.
Da sieht man Ratten, die Harpagon ähneln und in der Pfote ihre kostbare Geizhalskassette tragen[5]; Nacktratten, alte Veteranen, aus denen der Krieg Helden gemacht hat und die stets bereit sind, Vertretern der menschlichen Rasse die Kehle zu durchbeißen, um sich einen weiteren Dienstgrad zu erobern; Rüsselratten mit wahren Schwänzen als Nase, wie sie von den französischen Fremdenlegionären in Nordafrika, diesen Witzbolden, hergestellt werden; demütige und biedere Kirchenratten; Kellerratten mit

der Gewohnheit, auf Kosten der Regierung ihre Schnauze in Handelsgüter hineinzustecken; und vor allem sagenhafte Massen dieser possierlichen Tanzratten, die die »passes« und »contre-passes« eines wunderbaren Opernballettes aufführen!

Inmitten dieses Zusammenstroms der schönen Gesellschaft bahnte sich die Familie Raton ihren Weg, angeführt von der Fee. Aber von diesem blendenden Spektakel sahen sie nichts. Sie dachten nur an Ratine, die arme Ratine, die der Liebe von Vater und Mutter wie der Liebe ihres Verlobten entrissen war!

So erreichte man den großen Platz. Zwar war die Rattenfalle immer noch bei der Wiege, Ratine befand sich aber nicht mehr darin. Sie war wohl fort, sehr weit fort verschleppt worden.

»Gebt mir meine Tochter zurück!« schrie Madame Ratonne, deren ganzer Ehrgeiz nur noch dem einen Ziel diente, ihr Kind wiederzufinden.

Ihre Rufe erweckten tiefes Mitleid und legten sich wie ein Trauerflor über die feiernde Stadt.

Vergeblich bemühte sich die Fee Firmenta, ihre Empörung über Gardafur zu unterdrücken. Das sah man an ihren zusammengekniffenen Lippen und den Augen, die ihre gewohnte Milde verloren hatten.

Ein großer Tumult erhob sich am Ende des Platzes. Das war ein Zug der Prinzen, Herzöge, Marquis sowie der prächtigsten Edelleute in herrlichen Kleidern, denen die bis an die Zähne bewaffneten Garden vorangingen.

An der Spitze der Hauptgruppe trat der Prinz Kissador hervor, verteilte Lächeln und gönnerhafte Grüße an all die kleinen Leute, die ihm den Hof machten.

Weiter hinten, von Dienern umgeben, schleppte sich eine arme hübsche Rättin. Das war Ratine, aber so bewacht und abgeschirmt, daß sie an Flucht gar nicht denken konnte. Ihre sanften Augen waren mit Tränen gefüllt und verrieten mehr, als ich es je könnte. Gardafur marschierte in ihrer Nähe und ließ sie nicht aus den Augen. Ha! Diesmal hielt er sie fest in der Hand!

»Ratine… meine Tochter!…«, »Ratine, meine Verlobte!« schrien Ratonne und Ratin und versuchten, bis zu ihr vorzudringen – ohne Erfolg.
Da hätte man das Grinsen sehen sollen, mit dem der Prinz Kissador die Familie Raton empfing, und den herausfordenden Blick, den Gardafur der Fee Firmenta entgegenschleuderte.
Sie war besiegt worden, die ohnmächtige Zauberin! Obschon seiner Zaubermacht entledigt, hatte er triumphiert, mit weiter nichts als einer natürlichen Falle, einer simplen Rattenfalle. Und währenddessen beglückwünschten die Edelleute den Prinzen zu seiner neuen Eroberung. Mit welchem Dünkel der Narr diese Komplimente entgegennahm, das überlasse ich eurer Vorstellung.
Plötzlich streckt die Fee den Arm aus, schwingt ihren Zauberstab, und augenblicklich ereignet sich eine neue Verwandlung.
Raton ist wohl Ratte geblieben, aber Madame Ratonne ein Papagei geworden, Rata ein Pfau, Ratane eine Gans und Vetter Raté ein Reiher. Aber der hat mal wieder Pech gehabt, und statt eines schönen Vogelschwanzes zappelt unter seinem Gefieder ein jämmerlicher Rattenschwanz!
Zugleich erhebt sich aus der Gruppe der Edelmänner leichtbeschwingt eine schöne Taube: Ratine!
Wie soll man die Verblüffung des Prinzen Kissador und die Wut des Zauberers Gardafur beschreiben! Und schon nehmen alle, Höflinge und Diener, Ratines Verfolgung auf, die mit leichtem Flügelschlag entkommt.
Aber die Bühne hat gewechselt. Wir sind nicht mehr auf dem großen Platz von Rattopolis, sondern in einer großartigen Landschaft, umrahmt von hohen Bäumen. Aus allen Himmelsrichtungen kommen Tausende Vögel heran, um ihre neuen Fluggefährten zu begrüßen.
Schon gibt sich Ratonne, voller Stolz auf ihr Gefieder und glücklich über ihr Gekrächz, den anmutigsten Freudensprüngen hin, während die gute Ratane ganz beschämt nicht weiß, wo sie ihre Gänsepatschen verstecken soll.
An ihrer Seite schlägt Rata – Herr Rata, bitteschön! – das

Rad, als wäre er schon sein ganzes Leben Pfau gewesen, während der arme Raté seinen kümmerlichen Rattenschwanz betrachtet und leise vor sich hinmurmelt:
»Wieder mißraten!... Immer mißraten!...«
Der Himmel erstrahlt in seinen schönsten Gluten, als würde er von der Pracht des Nordlichts überflutet. Die Blätter der Bäume beginnen zu leuchten, und es sind ebenso viele Sterne, die sanft im Luftstrom vibrieren, dessen Hauch ihre tausend Farben belebt.
Aber da durchfliegt eine Taube das Himmelreich, stößt freudige kleine Schreie aus, beschreibt elegante Kreise und setzt sich sanft auf die Schulter des schönen Jünglings.
Das ist die entzückende Ratine, und man kann verstehen, wie sie ihrem Verlobten flügelschlagend ins Ohr flüstert:
»Ich liebe dich, mein Ratin, ich liebe dich!«

IX

Wo wir sind, meine lieben Kinder? Immer noch in einem dieser Länder, die ich nicht kenne und deren Namen ich nicht weiß! Aber dieses hier ist sehr schön, und ich kann euch nur raten, es einmal zu besuchen. Mit seinen weiten Landschaften, die von Bäumen aus der tropischen Zone besäumt werden, und seinen Tempeln in buddhistischer Bauart, die etwas schroff vom tiefblauen Himmel abstechen, erinnert es an Indien, und seine Bewohner sind wohl Hindus. Jedenfalls sieht man die Bevölkerung, wie sie sich in die heiligen Flüsse taucht, um Wischnu anzubeten.[6]
Betreten wir diese Karawanserei, eine Art riesige Herberge, die jedermann offensteht. Dort ist die Familie Raton wieder vollständig vereinigt. Auf Anraten der Fee Firmenta hat man sich auf die Reise begeben. Das sicherste war, Rattopolis zu verlassen, um der Rache des Prinzen Kissador und der Wut des Zauberers zu entkommen, solange man noch nicht stark genug ist, um sich zur Wehr zu setzen. Ratonne, Ratane, Ratine, Rata und Raté sind erst

einfache Vögel. Sollen sie erst einmal Raubtiere werden, dann wird es nicht mehr so leicht sein, mit ihnen fertig zu werden!

Ja, einfache Vögel, unter denen die Gans gewordene Ratane einer der am wenigsten begünstigten ist. Darum watschelt sie auch allein über den Hof der Karawanserei. Ihre klagende Stimme ertönt und könnte die härtesten Herzen erweichen. Es scheint fast, als würde sie ihren Kummer singen.

»Gott! O Gott!« ruft sie aus, »nachdem ich eine elegante Forelle und eine Ratte gewesen bin, die jedermann gefiel, nun eine Gans zu sein, eine Hausgans, eine dieser Hühnerhofgänse, die jeder dahergelaufene Koch mit Kastanien vollstopfen kann!«

Bei diesem Gedanken seufzte sie und fügte hinzu:

»Wer weiß, ob mein Gemahl nicht auch noch auf diesen Gedanken kommen wird? Jetzt verschmäht er mich näm-

lich! Wie soll auch ein so majestätischer Pfau für eine so gewöhnliche Gans die mindeste Achtung aufbringen? Ach, wie unglücklich ich bin!«
Sie führte den Fuß zum Schnabel und überlegte:
»Wenn ich wenigstens eine Pute wär, das wäre schon vornehmer!... Ach was, Rata findet mich nicht mehr nach seinem Geschmack!«

Und das war nur allzu offensichtlich, als der blasierte Rata in den Hof trat. Aber in der Tat – welch prächtiger Pfau! Er betätigt seinen leichten und schwenkbaren, mit den leuchtendsten Farben bemalten Federbusch. Er richtet sein Gefieder auf, das wie mit Blumen bestickt und mit Edelsteinen bestückt scheint. Breit entfaltet er den stolzen Fächer seiner Federn und die seidenweichen Flaumen, die seine Schwanzfedern bedecken. Wie könnte sich dieser hinreißende Vogel zu jener Gans herabwürdigen, die unter ihren aschgrauen Daunen und dem braunen Mantel so wenig anziehend wirkt?
»Mein lieber Rata!« sagte sie.
»Wer wagt es, meinen Namen auszusprechen?« erwiderte der Pfau.

»Ich!«
»Eine Gans! Wer ist diese Gans?...«
»Ich bin doch Eure Ratane!«
»Ih, pfui! wie schrecklich! Hinfort, ich ersuche Euch!«
»Mein lieber Rata...«
»Nein, sage ich Euch. Ich weiß nicht, wer Ihr seid, und will es auch gar nicht wissen!«
Wirklich: Die Eitelkeit spricht Albernheit.
Aber das Beispiel wurde diesem Hochmütigen ja auch von oben vorgegeben. Zeigte seine Herrin Ratonne denn mehr Vernunft? Ging sie mit ihrem Gemahl Raton nicht ebenso herablassend um, wie Rata Ratane behandelte?
Und da hält sie auch schon ihren Einzug, vom Gatten begleitet, von der Tochter, Ratin und Vetter Raté.
Ratine ist hinreißend als Taube mit ihrem aschgraubläulichen Gefieder, der changierenden Unterseite ihres goldgrünen Halses, der venezianisch-roten Brust und dem erlesenen weißen Fleck, der jeden ihrer Flügel ziert.
Wie Ratin sie mit seinen Augen verschlingt! Welch melodiöses Gurr-Gurr sie ertönen läßt, während sie um den schönen Jüngling herumfliegt!
Auf die Krücke gestützt, betrachtete Vater Raton seine Tochter voller Bewunderung. Wie schön er sie fand! Fest steht aber, daß sich Madame Ratonne selbst noch schöner

fand! Ach, die Natur hatte ja so gut daran getan, sie in einen Papagei zu verwandeln! Sie schwatzte und schwatzte! Stufenweise stellte sie ihren Schwanz auf, der sogar den Neid des Herrn Rata erwecken konnte. Hättet ihr sie nur gesehen, wenn sie sich unter den Sonnenstrahlen zurechtsetzte, um den gelben Halsflaum schimmern zu lassen, wie sie ihre grünen Flugfedern und die bläulichen Schwungfedern hin- und herschwenkte! Das war wirklich ein Prachtexemplar orientalischer Papageiinnen.

»Nun, bist du zufrieden mit deinem Schicksal, mein Herzchen?« fragte sie Raton.

»Hier gibt es kein Herzchen mehr!« antwortete sie trokken. »Ich bitte Euch, Eure Ausdrücke abzuwägen und nicht die Distanz zu vergessen, die uns jetzt trennt!«

»Mich, deinen Mann?...«

»Eine Ratte Gatte einer Papageiin! Ihr seid geistig verwirrt, mein Teuerster!«

Und Madame Ratonne protzte sich noch affektierter auf, als Rata in ihrer Nähe einherstolzierte.

Raton gab seiner Dienerin einen kleinen freundlichen Wink. In seinen Augen hatte sie nichts an Achtbarkeit verloren.

Dann sagte er sich:

»Ach, die Frauen! Diese Frauen! Seht sie euch nur an, wenn ihnen die Eitelkeit den Kopf verdreht – und auch dann, wenn sie ihn ihnen nicht verdreht. Doch seien wir Philosoph!«

Und was wurde während dieser Familienszene aus Vetter Raté? Der hatte wahrhaftig Anlaß, über die Ungerechtigkeit des Schicksals seiner Person gegenüber zu klagen. Und wie! Immer noch dieses Anhängsel, das nicht zu seiner Art passen wollte! Nachdem er eine Ratte mit Wittlingsschwanz gewesen war, war er nun ein Reiher mit Rattenschwanz! Wenn das so weiterginge, in dem Maße, wie er auf der Lebensleiter höhersteigen würde, wäre das doch sehr bedauerlich!

So hörte er mit dem Gejammer auch nicht mehr auf, der Unglückselige. Ganz vergebens versuchten sein Onkel Raton und seine Cousine Ratine, die ein gutes Herz hatten, ihn zu trösten. Er blieb dort in einer Ecke des Hofs, auf einem Fuß abgestellt, wie das die nachdenklichen Reiher zu tun pflegen, und zeigte den Vorderteil seines Körpers, dessen Weiß sich von seinen schwarzen Streifen abhob, sein aschgraues Federkleid, und seine melancholisch nach hinten geworfene Haube.

»Nein, Onkel Raton«, meinte er, »nein, Cousine Ratine, laßt mich!«

Und dann versuchte er sich zu verstecken, damit man nicht mehr seinen Nagerschwanz herumhängen sah. Oh, wie ungeduldig er darauf wartete, endlich ein Mensch zu werden, selbstverständlich in der Hoffnung, dadurch von diesem schwanzigen Zierstück erlöst zu werden, das nun einmal nur dem Tierreich ziemt.

Die Reise sollte jetzt fortgesetzt werden, damit man dies Land in seiner ganzen Schönheit bewundern konnte.

Aber Madame Ratonne und Herr Rata wollten nur sich selbst bewundern. Weder die eine noch der andere betrachteten die unvergleichlichen Landschaften. Sie suchten nichts anderes als einen Spiegel, um sich zu sehen, und ein großes Publikum, um gesehen zu werden.

Deshalb wollten sie auch lieber in die Städte und zu den Marktflecken, wo sie all ihre Anmut entfalten und die Lobhudeleien ihrer Schmeichler genießen könnten – ganz im Gegensatz zum jungen Ratin und zur schönen Taube, für die das Alleinsein soviel Reize bereithielt!

Darüber beratschlagte man gerade, als in der Tür der Karawanserei eine neue Person erschien.

Das war einer der einheimischen Fremdenführer, nach Hindumode angezogen, der den Reisenden seine Dienste anbot.

»Mein Freund«, fragte ihn Raton, »was gibt es denn Interessantes zu besichtigen?«

»Ein Wunder ohnegleichen«, antwortete der Führer, »nämlich die große Wüstensphinx!«

»Wüste!« kam es aus Madame Ratonne voller Geringschätzung.

»Wir sind nicht hergekommen, um eine Wüste zu betrachten«, fügte Herr Rata hinzu.
»Oh!« entgegnete der Führer. »Aber eine Wüste, die heute keine mehr sein wird, denn es ist Sphinxfest, und aus allen Ecken der Welt strömt man herbei, um diese zu verehren!«
Mehr bedurfte es nicht, um unsere hochmütigen Flugtiere dazu zu bewegen, ihr einen Besuch abzustatten. Ratine und ihrem Verlobten war es überhaupt einerlei, an welchen Ort man sie führte, solange man sie nur zusammenließ! Und Vetter Raté und die arme Gans Ratane konnten sich nichts Besseres als eine Wüste wünschen, in die sie sich zurückziehen konnten.
»Vorwärts!« befahl Madame Ratonne.
»Vorwärts!« wiederholte der Führer.
Einen Augenblick später hatten alle die Karawanserei verlassen, ohne zu merken, daß dieser Führer der Zauberer Gardafur war, der in seiner Verkleidung nicht zu erkennen war und sie in eine neue Falle lockte.

X

Welch prächtige Sphinx, unendlich viel schöner als all die Sphinxen Ägyptens, auch wenn die sich so großer Beliebtheit erfreuen. Diese hier hieß Sphinx von Romiradur und war das achte Weltwunder.
Die Familie Raton kam gerade am Rande einer weiten Ebene an, die von dichtem Wald umschlossen und im Hintergrund von einer vom ewigen Schnee bedeckten Gebirgskette überragt wurde.
Stellt euch in der Mitte dieser Ebene ein aus Marmor gehauenes Ungetüm vor. Es ruht auf dem Gras, das Gesicht geradeaus gewandt, die Vordertatzen übereinandergekreuzt, der Körper langgezogen wie ein Hügel. Es ist mindestens fünfhundert Fuß lang und hundert breit, und sein Haupt erhebt sich achtzig Fuß über den Boden.
Auch diese Sphinx hat diesen unergründlichen Blick, der

ihre Artgenossen kennzeichnet. Noch nie hat sie das Geheimnis preisgegeben, das sie seit Tausenden von Jahrhunderten hütet.[7] Und doch steht ihr weites Gehirn jedem offen, der es besuchen will. Durch eine zwischen den Vordertatzen angebrachte Tür gelangt man hinein. Treppen im Innern verschaffen Zugang zu ihren Augen, ihren Ohren, ihrer Nase, ihrem Mund, bis zum Wald der Haare, der sich auf ihrem Haupt sträubt.

Damit ihr euch noch besser die Riesenhaftigkeit dieses Ungetüms vorstellen könnt, müßt ihr wissen, daß zehn Personen gemütlich in seinen Augenhöhlen Platz finden würden, dreißig in den Ohrmuscheln, vierzig im Nasengeknorpel, sechzig in seinem Mund, in dem man einen Ball geben könnte, und fast hundert in seinem Haar, das dicht ist wie ein Wald in Amerika.

So kommt man auch von überall her – nicht um ihm Fragen zu stellen, weil es ja doch nichts antworten würde (aus Angst, sich zu täuschen) –, sondern um es zu besichtigen wie die Statue von Karl dem Großen auf einer Insel im Lago Maggiore. Nur daß diese Statue, so berühmt sie auch sein mag, ihm nicht mal bis zum Knöchel reichen würde.

Erlaubt mir, meine lieben Kinder, daß ich mich nicht länger bei der Beschreibung dieses Wunderwerkes aufhalte, das dem menschlichen Genius alle Ehre macht. Weder die Pyramiden in Ägypten noch die hängenden Gärten Babylons, nicht der Koloß von Rhodos, der Leuchtturm von Alexandria oder der Eiffelturm können mit ihm verglichen werden. Wenn sich die Geographen einmal über das Land geeinigt haben werden, in dem sich die große Sphinx von Romiradur befindet, gebe ich euch Bescheid und hoffe sehr, daß ihr ihr während eurer Ferien einmal einen Besuch abstattet.

Gardafur aber kannte den Ort, und zu ihm führte er die Familie Raton hin. Als er ihr gesagt hatte, daß in diesem Landstrich ein großer Volksauflauf sei, hatte er sie nichtswürdig getäuscht. Das würde Pfau und Papagei außerordentlich befremden. Um die stolze Sphinx kümmerten sie

sich ja nicht. Gardafur scherte sich aber genauso wenig um die Vorwürfe, mit denen ihn Madame Ratonne und Herr Rata unweigerlich eindecken würden!
Wie ihr euch sicher schon gedacht haben werdet, ist zwischen Zauberer und Prinz ein Plan ausgemacht worden. Und so stand der Prinz mit einer Hundertschaft seiner Garde am Rande eines nebenan gelegenen Waldes bereit. Sobald die Familie Raton in die Sphinx eingestiegen wäre, würde man sie da wie in einer Rattenfalle fangen. Wenn es hundert Männern nicht gelingen würde, sich fünfer Vögel, einer Ratte und eines jungen Verliebten zu bemächtigen, dann mußten diese schon im Schutz irgendeiner übersinnlichen Macht stehen.
Während er auf sie wartete, schritt der Prinz auf und ab. Er trug die Anzeichen lebhaftester Ungeduld. Wie es ihn wurmte, daß er in seinem Unterfangen gegen die schöne Ratine geschlagen worden war! Ach, welche Rache er an dieser Familie genommen hätte, wenn Gardafur im Vollbesitz seiner Macht gewesen wäre! Aber noch war der Zauberer zur Ohnmacht verdammt, und es sollte noch ein paar Wochen dauern, bis ihm seine Fähigkeiten zurückgegeben würden.
Diesmal waren jedenfalls alle Vorbereitungen so gut getroffen worden, daß wahrscheinlich weder Ratine noch ihre Angehörigen der Verschwörung ihrer Verfolger würden entkommen können.
In diesem Augenblick erschien Gardafur an der Spitze der kleinen Karawane, und der Prinz hielt sich mitten unter seinen Soldaten zum Eingreifen bereit.

XI

Trotz seiner Gicht marschierte Vater Raton mit gutem Schritt voran. Die Taube zog am Himmel große Kreise und setzte sich von Zeit zu Zeit auf Ratins Schulter. Die Papageiin flatterte von einem Baum zum anderen und versuchte, aus der Höhe das versprochene Gedränge zu erspähen. Der Pfau hielt seinen Schwanz sorgsam zusammengeklappt, um ihn nur nicht am Dornengestrüpp zu zerreißen, während Ratane auf ihren breiten Patschen einherwatschelte. Hinterdrein peitschte der Reiher mit gesenktem Schnabel wütend seinen Schwanz durch die Luft. Er hatte ja versucht, ihn in seine Tasche – ich meine, unter seinen Flügel – zu stecken, aber das mußte er aufgeben, weil er zu kurz war.

Endlich kamen die Reisenden am Fuße der Sphinx an. Noch nie hatten sie so was Schönes gesehen.

Madame Ratonne und Herr Rata drangen aber auf den Führer ein und fragten ihn:

»Und wo bitte ist das Getümmel der hohen Herrschaften, das Ihr uns versprochen habt?«

»Das wird sich zeigen«, antwortete Gardafur, »sobald ihr den Kopf des Ungeheuers erreicht habt. Von dort aus werdet Ihr die Masse überragen und über mehrere Meilen im Umkreis zu sehen sein!«

»Gut, dann laßt uns schnell reingehen!« sagte Madame Ratonne.

»Gehen wir«, erwiderte Gardafur.

Ohne Mißtrauen betraten sie das Innere. Sie bemerkten nicht einmal, daß der Führer draußen geblieben war und hinter ihnen die Tür zwischen den Tatzen des riesenhaften Tieres zuschloß.

Drinnen herrschte ein Halbdunkel, das durch jenes Licht erzeugt wurde, das sich durch die Öffnungen am Gesicht die inwendige Treppe herunterstahl. Nach einer kurzen Weile sah man, wie Raton zwischen den Lippen der Sphinx spazierte, Madame Ratonne auf der Nasenspitze herumtanzte und sich den neckischsten Luftsprüngen hingab, Herr Rata dagegen auf dem Gipfel des Schädels ein Rad schlug und die Sonnenstrahlen verdeckte.

Der junge Ratin und die junge Ratine saßen in der rechten Ohrmuschel und flüsterten einander die süßesten Dinge zu.

Ratane hielt sich im rechten Auge auf und versteckte ihr bescheidenes Gefieder; im linken Auge befand sich Vetter

Raté, wo sein jämmerlicher Schwanz nicht auszumachen war.
Auf diese verschiedenen Gesichtspunkte hatte sich die Familie Raton günstig verteilt, um das wundervolle Panorama zu betrachten, das sich bis zu den äußersten Enden des Horizontes erstreckte.
Das Wetter war prächtig. Keine einzige Wolke am Himmel, kein Dunstschleier auf der Erdoberfläche.
Da zeichnete sich am Waldessaum ein reger Haufen ab, rückt vor und heran. Ob das die Masse von Bewunderern der Sphinx von Romiradur ist?
Nein! Das sind Leute, die sich mit Spießen, Säbeln, Bögen und Armbrüsten bewaffnet haben und enggeschlossen heranmarschieren. Sie können nur Böses im Schilde führen.
Da ist ja auch der Prinz Kissador an ihrer Spitze, gefolgt vom Zauberer, der nun seine Führerkleider abgelegt hat.
Die Familie Raton fühlt sich verloren, nur ihre beflügelten Mitglieder könnten sich durch den Luftraum in Sicherheit bringen.
»Flieh, meine liebe Ratine«, schreit ihr der Verlobte zu. »Flieh!... Überlaß mich allein diesen Elenden!«
»Dich verlassen... Nie!« antwortet Ratine.
Das wäre auch zu unvorsichtig gewesen. Ein Pfeil hätte die Taube durchbohren können, ebenso die Papageiin, den Pfau, die Gans und den Reiher. Besser war es, sich in der Tiefe der Sphinx zu verstecken. Vielleicht würde es in der Nacht gelingen, der Verfolgung durch die Garden zu entkommen und sich durch irgendeinen Geheimausgang zu retten, ohne die Armbrustschützen des Prinzen fürchten zu müssen.
Ach, wie bedauerlich war es, daß die Fee Firmenta ihre Schützlinge auf dieser Reise nicht begleitet hatte!
Unterdessen war dem schönen Jüngling eine Idee gekommen, eine ganz einfache, wie es alle guten Ideen sind: Die Tür sollte von innen verbarrikadiert werden, und das erfolgte unverzüglich.
Es wurde auch Zeit, denn der Prinz Kissador, Gardafur und die Garden waren ein paar Schritt vor der Sphinx

stehengeblieben und forderten die Gefangenen auf, sich zu ergeben und auszuliefern.
Ein deutlich artikuliertes »Nein!« kam von den Lippen des Ungeheuers, und das war die einzige Antwort, die sie erhielten.
Also stürzten sich die Soldaten auf die Tür, und weil man mit enormen Felsblöcken auf sie einstürmte, war klar, daß sie bald nachgeben würde.
Da deckt ein leichter Rauch das Haar der Sphinx ein, und als er sich verflüchtigt hat, erscheint die Fee Firmenta durch die letzten Wirbel, auf dem Kopf der Sphinx von Romiradur.
Bei dieser wunderlichen Erscheinung halten die Wachen inne und weichen zurück. Aber Gardafur gelingt es, sie wieder zum Angriff zu bewegen, und unter ihren Stößen beginnen sich die Angeln der Tür zu lockern.
In diesem Moment richtet die Fee den Zauberstab zum Boden, und er zittert in ihrer Hand...
Welch unerwartete Invasion da durch die eingebrochene Tür fällt!
Eine Tigerin, ein Bär und eine Pantherin stürzen sich auf die Garden. Die Tigerin ist Ratonne mit ihrem falben Fell. Der Bär ist Rata, mit gesträubtem Haar und gespreizten Klauen. Die Pantherin ist Ratane, die entsetzlich auf- und niederspringt. Diese letzte Metamorphose hat die drei Vögel in Raubtiere verwandelt.
Gleichzeitig ist Ratine zur eleganten Hirschkuh geworden und Vetter Ratę hat die Form eines Esels angenommen, der mit gräßlicher Stimme blökt. Doch schaut nur sein Mißgeschick an! Er hat seinen Reiherschwanz behalten, und jetzt hängt ein Vogelschwanz am Eselsrücken! Es ist wohl wirklich nicht möglich, seinem Schicksal zu entgehen!
Beim Anblick der drei fürchterlichen Tiere haben die Garden keinen Augenblick gezögert; Reißaus haben sie genommen, als würde ihnen Feuer unter den Fersen brennen! Nichts hätte sie zurückhalten können, zumal ihnen Prinz Kissador und Gardafur mit schlechtem Beispiel vorausgelaufen sind. Lebendig verschlungen zu werden schien

nicht nach ihrem Geschmack zu sein. Aber wenn Zauberer und Prinz auch den Wald erreichen konnten, ist einigen Garden weniger Glück beschieden gewesen. Tigerin, Bär und Pantherin hatten ihnen erfolgreich den Weg versperrt, und den armen Teufeln fiel nichts Besseres ein, als Zuflucht im Innern der Sphinx zu suchen, und bald sah man, wie sie sich in ihrem weiten Mund zusammendrängten.

Auf eine schlechtere Idee hätten sie gar nicht kommen können, und als sie das erkannten, war es schon zu spät.

Fee Firmenta streckt nämlich noch einmal ihren Zauberstab aus, und ein grauenvolles Gebrüll verbreitet sich wie Donnergrollen im Raum.

Die Sphinx hat sich in einen Löwen verwandelt.

Und in was für einen! Seine Mähne sträubt sich, seine Augen sprühen Funken, die ungeheuren Kiefer öffnen und schließen sich und beginnen ihr Kauwerk... Im Nu werden die Garden des Prinzen Kissador von den Zähnen des schrecklichen Tieres zermalmt.

Da springt die Fee Firmenta leichtfüßig auf den Boden. Zu ihren Füßen kauern sich Tigerin, Bär und Pantherin hin,

wie die Raubtiere zu Füßen der Dompteuse, die sie mit ihrem Blick beherrscht.
Und seit dieser Zeit ist die Sphinx der Löwe von Romiradur.

XII

Einige Zeit ist vergangen. Die Familie Raton hat endgültig menschliche Form angenommen – mit Ausnahme des Vaters, der, immer noch gleichermaßen gichtig wie philosophisch veranlagt, Ratte geblieben ist. An seiner Stelle wären andere verärgert gewesen, hätten die Ungerechtigkeit des Schicksals beklagt, das Leben verflucht. Er begnügte sich zu schmunzeln, glücklich, wie er meinte, nichts an seinen Gewohnheiten ändern zu müssen.
Wie dem auch immer sei, auch als Ratte ist er jedenfalls ein reicher vornehmer Herr. Da seine Gattin nicht zugestimmt haben würde, in seinem alten Käse von Rattopolis zu wohnen, besitzt er in einer großen Stadt, der Hauptstadt eines mal wieder unbekannten Landes, ein prunkvolles Haus, ohne daß er darauf sonderlich stolz wäre. Den Stolz, oder eher noch den Hochmut, überläßt er Madame Ratonne, die Herzogin geworden ist. Es lohnt sich schon zuzuschauen, wie sie durch die Gemächer wandelt und die Spiegel noch vor lauter Hineinsehen abnutzen wird!
An diesem Tag hat Raton überdies sein Fell mit der größten Sorgfalt gebürstet und soviel Toilette angelegt, wie man das von ihm nur erwarten kann. Die Herzogin hat sich mit dem schönsten Putz aufgetakelt: einem Kleid, auf dem sich frappierter Samt, Crêpe de Chine, Surah, Plüsch, Satin, Brokat und Moiré vermischen; einer Bluse à la Heinrich II.; einer mit Gagat, Saphiren und Perlen bestickten Schleppe, die einige Ellen lang ist und die verschiedenen Schwänze ersetzt, die sie trug, bevor sie Frau geworden; mit Diamanten, die Funken sprühen; Spitzen, die die kunstfertige Arachne[8] nicht zierlicher und reicher hätte herstellen können; einem Rembrandt-Hut, auf dem sich

eine ganze Parterre-Auslage Blumen auftürmt; kurzum, mit allem, was der letzte Schrei der Mode ist.
Aber, werdet ihr fragen, weshalb diese Üppigkeit in der Ausstattung? Aus folgendem Grund:
Heute wird man in der Kapelle des Palastes die Hochzeit der bezaubernden Ratine mit dem Prinzen Ratin feiern. Jawohl, er ist Prinz geworden, um seiner Schwiegermutter einen Gefallen zu tun. – Wie? – Indem er sich eine Fürstenschaft gekauft hat. – Schön und gut! Mögen die Fürstenschaften im Preis auch sinken, müssen sie doch immer noch recht teuer sein?... – Sicher, und Ratin hat für diese Anschaffung auch einen Teil des Preises seiner Perle aufgewandt – ihr werdet sie nicht vergessen haben, jene gewaltige Perle aus Ratines Auster, die mehrere Millionen wert war!

Nun ist er also reich! Glaubt aber nicht, daß der Reichtum sein Denken verändert hätte oder das seiner Verlobten, die jetzt durch Heirat Prinzessin wird. O nein! Wenn ihre Mutter auch Herzogin ist, ist sie immer noch das bescheidene junge Mädchen, als das ihr sie kennt, und der Prinz ist in sie verliebter als je zuvor. Wie hübsch ist sie in ihrem weißen, mit Orangenblüten umrankten Kleid!

Selbstverständlich ist auch die Fee Firmenta gekommen, um an der Hochzeit teilzunehmen, die ein wenig ja ihr Werk ist.

Es ist also ein großer Tag für die ganze Familie. Auch Rata sieht prächtig aus. In seiner Eigenschaft als Ex-Koch ist er folgerichtig Politiker geworden.[9] Nichts Schöneres als sein Abgeordnetenanzug, der ihm eine Menge Geld gekostet haben muß, denn wenn er ihn umwendet, kann man ihn als Senatorenfrack tragen – was sehr vorteilhaft ist.

Ratane ist zu ihrer großen Genugtuung keine Gans mehr: Sie ist Gesellschaftsdame geworden. Ihr Gemahl hat sich seine demütigenden Verhaltensweisen von damals verzeihen lassen. Er ist ihr wieder ganz zugetan und zeigt sich sogar ein wenig eifersüchtig auf die Herrschaften, die um seine Gattin herumscharwenzeln.

Was den Vetter Raté anbetrifft... aber der wird gleich hereinkommen, und dann könnt ihr ihn mit Muße betrachten.

Die Gäste hat man in den großen Salon geführt, der in Licht getaucht und von Blumendüften gebadet wird, mit den kostbarsten Möbeln ausgestattet und mit Tapisserien geschmückt ist, wie es sie heute nicht mehr gibt, denn sie rahmen die Fenster ein und lassen das Licht einfallen, ohne schwerfällig zu wirken.

Aus der ganzen Umgebung ist man gekommen, um der Hochzeit des Prinzen Ratin beizuwohnen. Die hohen Herren und ehrwürdigen Damen wollten diesem bezaubernden Paar das Geleit geben. Ein Haushofmeister verkündet, daß alles zur Zeremonie bereit ist. Und so entsteht der wunderbarste Hochzeitszug, den man sich vorstellen kann und der seine Schritte zur Kapelle lenkt.

Eine harmonische Musik erklingt von den Orchestern, die man unter dem Parkkomplex versteckt hat, so daß es scheint, als würden die Blumen selbst einen Triumphmarsch zu Ehren des jungen Paares spielen.
Nicht weniger als eine Stunde dauert der Zug dieser wichtigen Persönlichkeiten. Schließlich erscheint in einer der letzten Gruppen Vetter Raté.
Ein hübscher junger Mann ist er, meiner Treu, nach der neuesten Mode angezogen; im Hofmantel, mit einem großen Hut und einer Feder, die bei jedem Gruß den Boden fegt.
Der Vetter ist Marquis – na bitte! – und in seiner Familie kein Schandfleck mehr. Er sieht sehr gut aus und ist von anmutiger Erscheinung. Es ermangelt ihm auch nicht an Komplimenten, die er nicht ohne eine gewisse Bescheidenheit entgegennimmt. Aber wenn man genauer hinschaut, merkt man, daß sein Gesichtsausdruck von einem Hauch Traurigkeit getrübt wird und seine Haltung leicht verlegen wirkt. Häufig senkt er den Blick und wendet vor denen, die auf ihn zukommen, die Augen ab. Warum derlei Zurückhaltung? Ist er jetzt nicht ein Mensch, im gleichen Maße wie irgendein Herzog oder Prinz zu Hofe?
So schreitet er im Hochzeitszug voran, mit gemessener Bewegung, im Zeremonienschritt. Vielleicht wäre er lieber

zurückgeblieben. Aber er muß den anderen hohen Herrschaften folgen, und als er an der Ecke zum Salon angekommen ist, wendet er sich um… o Entsetzen!…
Zwischen den beiden Rockstreifen, unter dem Hofmantel, hängt ein Schwanz raus, ein Eselsschwanz! Vergebens hat er sich bemüht, dies peinliche Überbleibsel seines vorausgegangenen Stadiums zu verbergen!… Es steht fest, daß er sich niemals seiner wird entledigen können!
So ist das, meine lieben Kinder: wenn das Leben einen schlechten Anfang nimmt, ist es schwer, wieder auf den rechten Weg zu kommen. Der Vetter ist nun Mensch. Er hat die letzte Stufe erklommen. Jetzt kann er nicht mehr auf eine neue Verwandlung hoffen, die ihn von diesem Schwanz befreien könnte. Er wird ihn bis zum letzten Seufzer behalten!…
Armer Vetter Raté!

XIII

Auf diese Weise wurde die Vermählung des Prinzen Ratin und der Prinzessin Ratine gefeiert, mit äußerster Pracht, ganz des schönen Jünglings und des schönen jungen Mädchens würdig, die so sehr füreinander bestimmt waren!
Bei der Rückkehr aus der Kapelle schritt der Zug in derselben Reihenfolge wie zuvor, genauso anständig, mit der gleichen Korrektheit der Bewegung und schließlich einer Erhabenheit, wie man sie in diesem Maße scheinbar nur noch in den oberen Klassen antrifft.
Sollte eingewandt werden, daß all diese hohen Herrschaften doch nichts anderes als Emporkömmlinge seien; daß sie aufgrund der Gesetze der Seelenwanderung viele schmachvolle Phasen durchgemacht haben; daß sie Weichtiere ohne Geist, Fische ohne Intelligenz, Vögel ohne Hirn, Vierfüßler ohne Urteilsvermögen gewesen sind, dann antworte ich, daß man das nicht vermuten würde, wenn man sie so schicklich sieht. Außerdem lassen sich gute Manieren lernen wie Geschichte oder Erdkunde. Es

genügt schon, sich darum zu bemühen. Allerdings würde es dem Menschen gut anstehen, sich eingedenk dessen, was er in der Vergangenheit gewesen sein mochte, in Bescheidenheit zu üben, und die Menschlichkeit würde nur gewinnen.

Nach der Hochzeitszeremonie wurde im großen Saal des Palastes ein reiches Mahl gegeben. Daß man dort von den ersten Köchen des Jahrhunderts zubereitete Ambrosia verspeiste, Nektar aus den besten Kellern des Olymps trank, all dies würde zur Beschreibung noch nicht ausreichen.

Schließlich klang das Fest mit einem Ball aus, auf dem bezaubernde Bajaderen und anmutige Alumen in ihren orientalischen Gewändern die erhabene Gesellschaft mit hinreißenden Tänzen begeisterten.

Wie es sich gehört, hatten Prinz Ratin und Prinzessin Ratine den Ball mit einer Quadrille eröffnet, den die Herzogin Ratonne im Arm eines Edelmannes von königlichem Blute zubrachte. Herr Rata beteiligte sich zusammen mit der Gemahlin eines Botschafters, und Ratane wurde von dem eigenen Neffen eines Kurfürsten geführt.

Vetter Raté zögerte lange, ehe er sich in den Trubel stürzte. Obwohl es ihm schwerfiel, sich beiseite zu halten, wagte er nicht, die charmanten Damen aufzufordern, denen er so gerne seinen Arm angeboten hätte, statt ihnen nur die Hand zu reichen. Endlich entschloß er sich zum Tanz mit einer lieblichen Gräfin von bemerkenswerter Vornehmheit. Diese liebenswürdige Dame nahm an... ein wenig unüberlegt vielleicht, und schon sah man das Paar mitten im Wirbel eines Gunglschen Walzers.[10]

Ach, welche Wirkung! Bald schon war der Teufel los! Umsonst hatte Vetter Raté seinen Eselsschwanz unterm Arm festhalten wollen, wie es die Walzertänzerinnen mit ihrer Schleppe tun. Von einer zentrifugalen Bewegung ergriffen, entgleitet ihm der Schwanz. Und da spannt er sich wie ein Riemen und geißelt die tanzenden Paare, windet sich um ihre Beine, verursacht die bloßstellendsten Stürze und schließlich auch den des Marquis Raté und der lieblichen Gräfin.

Vor Scham halb ohnmächtig mußte sie hinfortgetragen werden, während Vetter Raté die Flucht ergriff, so schnell er konnte, mit dem – freilich verspäteten – Schwur auf den Lippen, daß es ihm nie wieder passieren sollte, seinen Schwanz in eine Tanzgesellschaft hineinzustecken!
Dieser possenhafte Zwischenfall setzte dem Fest ein Ende, und ein jeder zog sich zurück, als das Feuerwerk auf seinem Höhepunkt eine betörende Feuergarbe in die Tiefe der Nacht ergoß.

XIV

Das Zimmer von Prinz Ratin und Prinzessin Ratine ist sicher eines der schönsten im Palast. Betrachtet es der Prinz nicht als Schmuckkästchen für das unschätzbare Juwel, das er besitzt? Umsonst würde ich es zu beschreiben versuchen. Stellt es euch so herrlich vor, wie ihr nur könnt, meine lieben Kinder, und ihr werdet die Wirklichkeit noch immer nicht erreichen! Dorthin wird man das junge Ehepaar mit viel Aufhebens führen.

Doch bevor sie hineingeführt werden konnten, haben schon zwei andere Personen in dies Zimmer eindringen können, ohne bemerkt worden zu sein.
Und diese beiden Personen, ihr werdet es erraten haben, sind der Prinz Kissador und der Zauberer Gardafur. Hört einmal zu, was sie wieder im Schilde führen:
»Du weißt, was du mir versprochen hast, Gardafur!«
»Ja, mein Prinz, und diesmal wird uns nichts daran hindern, Ratine für Eure Hoheit zu entführen.«
»Ich zähle darauf, und wenn sie erst Prinzessin von Kissador ist, glaube ich kaum, daß sie Anlaß haben wird, das zu bedauern.«
Ihr seht, welch hohe Meinung der Dummkopf immer noch von sich hat. Es gibt eben unverbesserliche Naturen.
»Ganz meiner Meinung«, antwortet der Schmeichler Gardafur.
»Bist du auch sicher, daß du heute Erfolg haben wirst?« beginnt der Prinz aufs neue.
»Seht selbst!« antwortet Gardafur und zieht seine Uhr hervor. »In drei Minuten ist die Zeit, während der ich meiner Zaubermacht enthoben bin, abgelaufen. In drei Minuten ist mein Zauberstab ebenso mächtig wie der von Fee Firmenta, doch auf andere Art. Wenn es Fee Firmenta vermochte, die Mitglieder der Familie Raton in den Rang menschlicher Wesen zu heben, kann ich sie in den Rang der niedersten Tiere zurückversetzen!«
»Gut, Gardafur, ich verlasse mich auf dich, um aus ihnen Vieh zu machen! ...«
»Zu Euren Diensten, mein Prinz!«
»Ich verlange aber, Gardafur, daß Ratin und Ratine in diesem Zimmer keinen Augenblick alleine bleiben.«
»Das werden sie auch nicht, wenn ich vor ihrer Ankunft meine ganze Macht wiedererlangt habe!«
»Und wie lange dauert das noch?«
»Zwei Minuten! ...«
»Noch zwei Minuten! ... Und da sind sie schon, sie steigen die Treppe hoch ...«
»Schnell, mein Prinz, zieht Euch zurück«, antwortet Gar-

dafur. »Ich werde mich in diesem Gemach verstecken und zur rechten Zeit erscheinen. Und Ihr bleibt hinter dieser großen Tür und öffnet sie erst, wenn ich rufe: ›Zu dir, Ratin!‹ Dann werdet Ihr ein komisches Spektakel erleben!«
»Abgemacht, aber daß du mir meinen Rivalen ja nicht verschonst!«
»Ihr sollt zufrieden sein!«
Und beide verschwanden.
Ihr seht, welch große Gefahr diese ehrbare, schon so leidgeprüfte Familie immer noch bedroht, die nicht ahnen kann, daß Prinz und Zauberer so nahe sind!

XV

Gerade sind die jungen Eheleute nach Beendigung der Feier mit viel Aufhebens in ihr Zimmer geführt worden. Herzog Raton und Herzogin Ratonne geleiten sie, zusammen mit der Fee Firmenta, die den schönen Jüngling und das schöne Mädchen, deren Liebe sie beschützt hat, nicht verlassen wollte. Sie haben nichts mehr vom Prinzen Kissador zu fürchten, und auch nicht mehr vom Zauberer Gardafur, denn beide hat man noch nicht im Lande gesehen. Und doch wird die Fee von einer unbestimmten Unruhe gequält, einer geheimen Vorahnung. Sie weiß, daß für Gardafur der Zeitpunkt naht, an dem er seine Zauberkraft wiedererlangt, und das erfüllt sie mit Sorge.
Es muß nicht erst gesagt werden, daß Ratane bereitsteht, um der jungen Herrin ihre Dienste anzubieten, ebenso wie Herr Rata, der seine Frau nicht mehr verläßt, und auch Vetter Raté, obwohl ihm in diesem Augenblick der Anblick jener, die er immer noch liebt, das Herz brechen muß.
Aber die noch immer besorgte Fee plagt nur der Gedanke nachzuforschen, ob sich Gardafur nicht irgendwo versteckt hat, hinter einem Vorhang, unter einem Möbelstück...
Sie schaut nach und sucht...
Niemand!
Jetzt, da Prinz Ratin und Prinzessin Ratine in diesem Zim-

mer sind, in dem sie beide unter sich bleiben werden, faßt sie wieder volles Vertrauen.
Auf einmal öffnet sich eine Seitentür, gerade als die Fee dem jungen Paar sagt:
»Seid glücklich!«
»Noch nicht!« schreit eine fürchterliche Stimme, die alle erschauern läßt.
Gardafur ist erschienen, in seiner Hand zittert der Zauberstab. Firmenta kann jetzt nichts mehr für diese unglückliche Familie tun!
Die Überraschung hat alle gelähmt! Zunächst sind sie wie versteinert, dann weichen sie zusammen zurück, drängen sich um Firmenta und wollen so dem furchtbaren Gardafur die Stirn bieten.
»Gute Fee«, wiederholen sie, »wollt Ihr uns verlassen? ... Gute Fee, beschützt uns!«
»Euch schützen!« kreischt Gardafur. »Firmenta, du hast deine Zauberkraft verschwendet, um sie zu retten, ich aber habe meine eigene vollständig wiedererlangt, um sie zu verderben! Ha! Du hast kämpfen wollen! Schön, du wirst im Kampf unterliegen! Nun kann dein Zauberstab nichts mehr für sie tun, während meiner! ...«
Und bei diesen Worten schwingt Gardafur seinen Stab, der Kreise beschreibt und durch die Luft zischt, so als wäre er von übernatürlichem Leben erfüllt.
Raton und den Seinen schwinden die Sinne. Sie haben verstanden, daß die Fee machtlos ist, weil sie ihnen keine höhere Verwandlung mehr zusichern kann.
»Fee Firmenta«, schreit Gardafur, »du hast aus ihnen Menschen gemacht! Fein! Ich – ich mache aus ihnen Vieh!«
»Gnade! Gnade!« flüstert Ratine und streckt dem Zauberer ihre Hände entgegen.
»Keine Gnade!« antwortet Gardafur und fügt hinzu:
»Der erste, den mein Zauberstab berührt, wird in einen schrecklichen Affen verwandelt!«
Und mit diesen Worten geht Gardafur auf die unglückliche Gruppe zu, die bei seinem Näherkommen auseinanderläuft.

Ihr hättet sehen sollen, wie sie durch das Zimmer rennen, aus dem sie nicht fliehen können, weil die Türen abgeschlossen worden sind, wie Ratin Ratine mit sich fortzieht und versucht, sie mit seinem Körper zu schützen, ohne auf das Verderben zu achten, das ihn bedroht.
Ja! Verderben für ihn allein, denn gerade hat der Zauberer ausgerufen:
»Was dich, du schöner Jüngling, betrifft, so wird dich Ratine bald nur noch mit Abscheu betrachten!«
Bei diesen Worten fällt Ratine ohnmächtig in die Arme ihrer Mutter, und Ratin flüchtet in die Nähe der großen Tür, als Gardafur auf ihn zustürzt:
»Zu dir, Ratin!« ruft er aus, springt mit einem Bein vor, um ihm mit dem Stab einen Stoß zu versetzen, so wie man es in einem Fechtkampf tut...
In diesem Moment öffnet sich die große Tür, der Prinz erscheint... und er empfängt den Schlag, der für den jungen Ratin bestimmt war...
Der Prinz Kissador ist von dem Zauberstab berührt worden... und ist nur noch ein grauslicher Schimpanse!
Oh, wie er herumwütet! Er, der von seiner äußeren Schönheit so eingenommen war, voller Dünkel und Arroganz, er ist jetzt ein Affe mit Grimassengesicht, mit furchtbar langen Ohren, einer vorspringenden Schnauze, Armen, die ihm bis zu den Knien reichen, einer platten Nase und gelblicher Haut, auf der sich die Haare sträuben!
An einer Wand des Raumes hängt ein Spiegel. Er betrachtet sich darin... und stößt einen entsetzlichen Schrei aus! ...Er fällt über Gardafur her, der von seiner Ungeschicklichkeit noch ganz betäubt ist! ...Er packt ihn am Hals und erwürgt ihn mit seinem kräftigen Schimpansenarm.
Dann öffnet sich das Parkett – überlieferungsgetreu wie in allen Zauberstücken; Rauch entweicht, und der böse Gardafur entschwindet inmitten eines Flammenwirbels.
Daraufhin stößt der Prinz Kissador ein Fenster auf, springt mit einem Satz hinaus und begibt sich zu seinen Artgenossen im nahe gelegenen Wald.

XVI

Natürlich werde ich niemanden überraschen, wenn ich sage, daß alles in einer Apotheose endet, inmitten eines blendenden Dekors, zur vollständigen Genugtuung des Blicks, des Gehörs, des Geruchs und sogar des Geschmacks. Das Auge bewundert die schönsten Gegenden der Welt unter orientalischem Himmel. Paradiesische Harmonien schmeicheln den Ohren. Die Nase atmet berauschende, aus Milliarden von Blumen destillierte Düfte. Die Lippen werden von einer mit dem Geschmack der köstlichsten Früchte durchsetzten Luft benetzt.

Endlich ist die ganze glückliche Familie in Ekstase, dermaßen in Ekstase, daß Raton – sogar Vater Raton – seine Gicht nicht mehr spürt! Er ist geheilt und schickt seine alte Krücke zum Teufel.

»Ach«, ruft die Herzogin Ratonne aus, »seid Ihr also nicht mehr gichtig, mein Teuerster? ...«
»Scheint so«, sagt Raton, »endlich erlöst...«
»Und Ihr könnt einen Platz in der Menschheit einnehmen! ...«
»Mein Vater«, freut sich Prinzessin Ratine.
»Ach Herr Raton! ...« fügen Rata und Ratane hinzu und sprechen ihm ihre Glückwünsche aus.
Da geht schon die Fee auf ihn zu und sagt: »Wahrhaftig, Raton, nun hängt es nur noch von Euch ab, ein Mensch zu werden, und wenn Ihr wollt, kann ich...«
»Wie, Frau Fee, ein Mensch? ...«
»Ja doch!« schaltet sich Madame Ratonne ein, »Mann und Herzog, so wie ich Frau und Herzogin bin! ...«
»Meiner Treu, nein!« antwortet unser Philosoph. »Ratte bin ich und Ratte werde ich bleiben. Das ist, meine ich, vorzuziehen, und wie schon vor vielen Jahrhunderten der Dichter Menander gesagt hat, Hund sein, Pferd, Rind oder Esel, alles ist besser als ein Mensch zu sein, ob's euch paßt oder nicht!« [11]

XVII

Das also, meine lieben Kinder, ist das Ende dieses Märchens. Die Familie Raton hat fürderhin nichts mehr zu fürchten, weder von Gardafur, der von Prinz Kissador erwürgt wurde, noch von Prinz Kissador, der sich nicht mehr bewundern kann.
Daraus folgt, daß alle jetzt ganz glücklich sein und endlich auskosten werden, was man so schön ein Glück ohnegleichen nennt.
Darüber hinaus empfindet die Fee Firmenta für sie eine wahre Schwäche und wird sie mit ihren Wohltaten sicher nicht verschonen.
Nur Vetter Raté hat etwas Grund, sich zu beklagen, weil er keine vollständige Verwandlung erlebt hat. Er kann sich nicht damit abfinden, und so macht jener Schwanz seinen ganzen Kummer aus. Umsonst will er ihn verstecken… Immer hängt er raus!
Was den guten Raton betrifft, so wird er Ratte sein ganzes Leben lang bleiben, ungeachtet der Herzogin Ratonne, die ihm in einem fort seine unschickliche Weigerung vorhält, sich in den Rang der Menschenwesen zu erheben. Und wenn ihm die zänkische hohe Dame allzu sehr mit ihren Vorwürfen zusetzt, begnügt er sich, einmal mehr auf sie das Wort des Fabeldichters anzuwenden:
»Was mancher Frauen Haupt verspricht, hält das, was drin ist, oftmals nicht!« [12]
Fügen wir beiläufig an, daß Rata und Ratane nicht mehr aufhörten, eine gute Ehe zu führen.
Prinz Ratin und Prinzessin Ratine wurden sehr glücklich und hatten viele Kinder.
So enden gewöhnlich die Märchen, und ich will mich an diesen Brauch halten, weil er gut so ist.

Anmerkungen

1 *Seelenwanderung* (grch.: Metempsychose): Die Vorstellung in ägyptischen und indischen Religionen vom Übergang der Seele nach dem Tod des Leibes in den Körper eines anderen Lebewesens. Auch Bestandteil der Philosophie des Griechen Pythagoras. Die Summe der guten oder schlechten Taten des vergangenen Lebens bestimmt im buddhistischen Glauben die Art dieser Wiederverkörperung. Eine gesetzmäßige Entwicklung vom »Niederen« zum »Höheren« gibt es hier nicht; Verne entlehnt sie parodistisch vergröbert der Evolutionstheorie Charles Darwins (1809–1882), die im 19. Jahrhundert heiß umstritten wurde und der Verne selbst ablehnend gegenüberstand.

2 Die Republik *Rattopolis* nennt La Fontaine (siehe Anm. 3) schon in der Fabel von der ›Ratte, die sich aus der Welt zurückgezogen hatte‹ (*Fabeln*, VII. Buch, Nr. 3). Die Seelenwanderung ist darüber hinaus das Thema der Fabel ›Die Maus, die in ein Mädchen verwandelt wurde‹ (IX,7).

3 *Jean de La Fontaine* (1621–1695) – Französischer Dichter, dessen Berühmtheit sich vor allem auf seine satirischen Tierfabeln gründet, deren Inhalt er zum Großteil nach den Vorlagen von Äsop, Phädrus, Terenz und anderen in Verse übertrug. – ›Die Ratten halten Rat‹ ist die 2. Fabel des II. Buches: Eine Versammlung von Ratten will sich vor ihrem Erzfeind, dem Kater Rodilardus, schützen, indem ihm eine warnende Klingel um den Hals gebunden werden soll. Weil sich aber keine Ratte zur Ausführung des Planes opfern will, bleibt die allgemeine Bedrohung bestehen.

4 *Rattini, Rattgner* und *Rattenet*. – Gemeint sind natürlich die Opernkomponisten Gioacchino Rossini (1792–1868), Richard Wagner (1813–1883) und Jules Massenet (1842–1912). Die ursprüngliche Manuskriptfassung zählt statt Richard Wagners *Raterbeer*, *Raverdi* und *Ratounod* auf, also Giacomo Meyerbeer (1791–1864), Giuseppe Verdi (1813–1901) und Charles Gounod (1818–1893).

5 *Harpagon* ist die Titelfigur aus der Komödie ›Der Geizhals‹ von Molière (1622–1673).

6 *Wischnu*: Hinduistische Gottheit, die in verschiedenen tierischen Erscheinungsformen (z. B. Fisch, Eber, Löwe) und in

menschlicher Gestalt als Rama und Krischna auftritt. Die Gläubigen können allein durch Wischnus Gnade, nicht durch eigenes Zutun (Wohlverhalten, gute Taten, Opfer) von der Bindung an die Wiedergeburt erlöst werden.

7 *Sphinx*: Ursprünglich im alten Ägypten auftauchende Mischgestalt eines geflügelten Löwenkörpers mit menschlichem Kopf. In der griechischen Mythologie warf die Sphinx jeden, der das von ihr aufgegebene Rätsel nicht lösen konnte, in einen Abgrund, bis sie von *Ödipus* besiegt wurde und Selbstmord beging. Ihre bis in die Neuzeit durchgängige symbolische Bedeutung besteht in der Bewachung des Übergangs zum Totenreich und in der Wahrung eines Geheimnisses. Auf beide Bedeutungen bezieht sich Jules Verne in seinem Edgar A. Poe gewidmeten Roman *Die Eissphinx* (1897), die er zum Symbol der unergründbaren Natur macht.

8 *Arachne*: In Ovids *Metamorphosen* eine junge Lydierin, die sich ihrer Kunstfertigkeit im Weben wegen mit Athene, der Göttin des Handwerks, vergleicht. Als sie im Wettstreit ihr Geschick unter Beweis stellt, wird sie von der eifersüchtigen Göttin gedemütigt und nach ihrem Freitod in eine Spinne verwandelt.

9 Wortspiel: »cuisiner« (kochen) hat im Französischen die Nebenbedeutung »intrigieren«.

10 *Joseph Gungl* (1810–1889), ungarischer Komponist. Zunächst Militärkapellmeister, dann tätig in München, Frankfurt und Weimar. Verfaßte über 350 Tanzkompositionen, die weit über das Deutsche Reich hinaus in Mode kamen.

11 *Menander* oder *Menandros* (341/2–292 v. Chr.): Griechischer Komödiendichter, von dessen ursprünglich etwa 100 Werken nur wenige annähernd vollständig oder in nicht mehr zu identifizierenden Bruchstücken überliefert sind. Ratons Zitat bezieht sich auf folgende Stelle eines solchen Fragments:

> »Wenn einer von den Göttern träte je herzu / und würde mir sagen ins Angesicht: ›Sobald / du stirbst, o Kraton, wirst du wiederum erstehn / von Anbeginn, und du wirst sein, was du nur willst: / Hund, Schäfchen, Bock, ein Pferd, ein Mensch – denn zweimal sollst / du leben, das ist dein Verhängnis – wähle nun, / das, was du wünschst!‹ Dann möchte ich wohl sagen schnell: / ›Mach alles, Gott, aus mir, nur keinen Menschen; (...) (...) So ist's / weit besser, nur ein Eselchen zu sein als zu / erleben, wie die Schlechten glänzen in der Welt.‹«

Raton – (K)raton? – Ein anderes Fragment enthält den Ausspruch: »Wer ist glückselig? Nur die Tiere allesamt: viel mehr Verstand besitzen sie als jeder Mensch« (Übersetzungen von Günther Goldschmidt).

12 Das Zitat stammt aus La Fontaines Fabel ›Der Fuchs und die Büste‹ (IV,14). Im Gegensatz zu Verne bezieht sich La Fontaine allerdings nicht auf Frauen, sondern geschlechtsneutral auf den Hochadel, bei dem er das Auseinanderklaffen von Schein und Sein kritisiert. Das frühere Manuskript enthält statt der literarischen Anspielung den noch chauvinistischeren Spruch: »Ach, diese Frauen! Nehmt sie fort von ihrem Eingemachten, und sie sind zu gar nichts mehr zu gebrauchen.«

Zwischen Biederkeit und Anarchie
Jules Vernes ›Abenteuer der Familie Raton‹

> Ich wäre auch gerne so ein gesunder Schimpanse, um so mehr, als diese Affenmenschen nicht ein Viertel der Sorgen haben müssen, die die großzügige Natur auf die Menschen verteilt hat. Aber seien wir Philosoph.
>
> *J. Verne in einem Brief an seinen Verleger, 18. September 1890*

I

Das Aushängeschild eines alten Geschäftes in der Hafenstadt Nantes steht am Beginn der Geschichte von der Familie Raton, des einzigen Märchens von Jules Verne. Das Geschäft hieß »Au Rat goutteux« – »Zur gichtigen Ratte«. Eine Nachbildung dieses Schildes hängt heute noch an derselben Häuserecke und zeigt eine Ratte auf Krücken.
Das Bild hat wohl auch den kleinen Jules Verne beeindruckt, der 1828 in Nantes zur Welt gekommen ist. Aber ein halbes Jahrhundert soll vergehen, ehe der alternde Schriftsteller diese Jugenderinnerung wieder ausgräbt und *Die gichtige Ratte* zum vorläufigen Titel eines Märchens macht, das schließlich als *Abenteuer der Familie Raton* im Januar 1891 veröffentlicht wird. Zu diesem Zeitpunkt sind die dem heutigen Leser noch geläufigen Titel aus Jules Vernes Romanreihe, den *Außergewöhnlichen Reisen*, längst erschienen, und Vernes Stern ist deutlich im Sinken begriffen.
Sollte das Märchen unter diesen Voraussetzungen ein Versuch des Schriftstellers sein, Rückschau zu halten, bis in die Kindheit hinein? Einiges spricht dafür; so ist es sicher kein Zufall, daß Jules Verne zur selben Zeit für ein Bostoner Jugendmagazin den Artikel *Erinnerungen an Kindheit und Jugend* (1890) schreibt. Allerdings verklärt sich hier in der nostalgischen Rückschau so manches: In dem Aufsatz lesen wir beispielsweise nichts davon, daß der junge Jurastudent Jules Verne 1848 seiner Geburtsstadt Nantes voller

Genugtuung den Rücken kehrte, um nach Paris zu ziehen – mit dem festen Vorsatz, nur noch zu gelegentlichen Familienbesuchen zurückzukehren. Briefe, Gedichte und eine noch unveröffentlichte Erzählung legen überraschendes Zeugnis dafür ab, wieviel Energie Verne investierte, um mit der provinziellen Engstirnigkeit seiner Heimat abzurechnen. So charakterisiert er die Bewohner von Nantes in dem Sonett *Die sechste Stadt Frankreichs* (1847) unter anderem mit den Worten:

> Ein Volk, zur Wissenschaft zu dämlich,
> Schmutzig stets bei sich Zu Hause;
> Ein paar Tausend Eselhirne,
> Deren Stumpfsinn nicht zu helfen ist.
> (...) Das ist Nantes!

Um solche Vergangenheitsbewältigung geht es 1890 – im Märchen und im Artikel – längst nicht mehr. Möglicherweise aus dem Bedürfnis heraus, der als unbefriedigend erlebten Gegenwart eine angeblich schönere Vergangenheit entgegenzusetzen, stellt sich die einst angefeindete Stadt der Dummköpfe und Kunstbanausen nunmehr als Ausgangspunkt der schriftstellerischen Berufung dar: In der versöhnlichen Erinnerung ist der im Hafen verankerte Mastenwald dafür vorherbestimmt gewesen, die Liebe zu Meer und Reisen zu wecken; das künstlerisch interessierte Elternhaus unter Führung des sittenstrengen Rechtsanwalts Pierre Verne (1799–1871) habe dazu beigetragen, daß diese Leidenschaft nicht ausgelebt, sondern in Literatur verwandelt wurde: Nicht Jules Verne wurde Seemann, sondern sein jüngerer Bruder Paul.
Trotz verschlungener Umwege über Jurisprudenz und Bankwesen, Boulevardtheater und Börse hatte Verne nie aus den Augen verloren, was er einmal »die Idee meines ganzen Lebens« nannte: ein Schriftsteller zu werden. 1863 – Jules Verne war inzwischen 35jähriger Familienvater und lustloser Börsenmakler – erfüllte sich dieser Traum auf so spektakuläre Weise, wie er es sich nicht besser hätte wünschen können. *Fünf Wochen im Ballon* erschien und wurde ein Sensationserfolg.
Der naturwissenschaftliche Abenteuerroman war geboren worden, der sein Publikum einerseits durch eine packende Handlung fesselte, den Verlauf dieser Handlung aber gerade an die Vermittlung wissenschaftlicher Erkenntnisse koppelte. Diese hielten zwar schon seit längerem die Öffentlichkeit in Atem, aber erst durch Jules Verne sollten sie auch unter ästhetischen Gesichtspunkten »verdaubar« werden und in Mode kommen.
Die Zeit war reif für ein schriftstellerisches Unternehmen, das sich die Aufgabe setzte, in Romanform den gesamten Erdball (und noch einiges mehr) zu erschließen, und dabei die grundsätzlichen Lernvokabeln der modernen Wissenschaften einfließen ließ. – Reine – »entfesselte« – Phantastik konnte sich der Autor unter solchen Voraussetzungen

nicht leisten: »Ich akzeptiere die Phantasie im Wissenschaftlichen«, schrieb Verne 1889 über einen Schriftstellerkollegen, »doch darf die erste dem letzten nicht zuwiderlaufen.«

So folgt der Überquerung Afrikas im Freiballon die *Reise zum Mittelpunkt der Erde* (1864), *Von der Erde zum Mond* (1865 und 1869), der Nordpol (1866), die Tiefsee (1869/70) und, Jahr für Jahr, ein exotisches Land dem anderen. Vernes touristische Phantasie schien unerschöpflich und zeigte erst nach zwanzig Jahren deutlichere Abnutzungserscheinungen.

Der Mann, der eigentlich für dieses erfolgreiche Projekt verantwortlich war, agitierte machtvoll im editorischen Hintergrund: Pierre-Jules Hetzel (1814–1886), eine der einflußreichsten Verlegerpersönlichkeiten des 19. Jahrhunderts. Hetzel war unter dem Pseudonym P. J. Stahl selbst Autor von Kinderbüchern, ein Mann mit bürgerlich-republikanischen Idealen, der seiner Gesinnung halber unter Napoléon III von 1851 bis 1862 ins belgische Exil vertrieben worden war. Seiner Autorität vertraute sich der nicht sonderlich selbstbewußte Verne rückhaltlos an; zeitlebens genoß er es, von Hetzel sowohl gelobt als auch gerüffelt zu werden, stets zu Kompromissen bereit, was die Gestaltung seiner Bücher anging, aber stur dann, wenn Hetzel versuchte, an der Substanz seiner Ideen zu rütteln.

Mit vielen Vorgaben des Verlegers vermochte sich Verne problemlos zu arrangieren, beispielsweise mit der Ausklammerung störender Gegenwartsprobleme, die die Lektüre für das bürgerliche Publikum ungemütlich gemacht hätten. Bei anderen grundsätzlichen Fragen kam es aber zum Konflikt, den Verne freilich nicht offen mit seinem Freund und Übervater auszutragen bereit war, sondern ungefiltert in die Handlung seiner Werke leitete: Hetzels unbedingter Fortschrittsoptimismus prägt die schillernde Oberfläche der *Außergewöhnlichen Reisen*, während Vernes (von Beginn an vorhandener) Pessimismus erst bei näherer Betrachtung in einer ironischen, aber konsequenten Relativierung zum Ausdruck kommt. Nicht der Triumph

über die Natur durch die bedingungslose Anwendung menschlicher Machtmöglichkeiten ist das Ziel, auf das Vernes Werk weist, sondern das Eingeständnis menschlicher Grenzen, deren (wenn auch reiz- und lustvolle) Übertretung notwendigerweise zur Selbstzerstörung führt.
Dieser Widerspruch macht Vernes Lebenswerk zu einem ideologischen Eiertanz, mit dem der Autor nach außen hin durchaus leben zu können schien. Hetzel garantierte ihm lebenslang ein monatliches Mindesteinkommen; und wäre Verne nicht Künstler, sondern wie geplant Jurist geworden – sein Leben hätte nicht geruhsamer verlaufen können: Reisen auf den eigenen Jachten, ein mondänes Leben in der Provinzstadt Amiens, das dem Wunsch der Gattin nach Repräsentation entsprach, viel Ärger mit dem Nachwuchs, ansonsten eine ritualisierte Vielschreiberei, die den Verlauf des Tages diktierte und der alles Persönliche untergeordnet wurde – mit diesen Stichworten ist Vernes Schriftstellerexistenz hinreichend umrissen. Zunehmend hat Verne mehr geschrieben, als es die Bedingungen seines Vertrages erforderten – trotz fortschreitender Erblindung und psychosomatischer Beschwerden. Als er 1905 stirbt, findet sich eine Menge Unveröffentlichtes im Nachlaß, darunter noch sechs abgeschlossene Romanmanuskripte.

II

Als der Text *Abenteuer der Familie Raton* im Januar 1891 erscheint, hat er einen vierjährigen Entstehungsprozeß hinter sich, eine bemerkenswerte Ausnahme in der Produktion eines Autors, der vertraglich zu schnellem und vor allem zu regelmäßigem Schreiben verpflichtet war.
Der Plan zu der Geschichte ist um 1886 entstanden und damit in einer Zeit der Depression, von der sich Verne nie ganz erholen wird: Im Februar 1886 hat er wegen Finanzierungsproblemen seine Jacht »Saint-Michel« verkaufen müssen; am 9. März will ihn sein geistesgestörter Neffe erschießen (und trifft ihn mit einem Steckschuß in den Knö-

chel); acht Tage später stirbt der Verleger Hetzel, neben Vater und Bruder wohl der einzige wirkliche Vertraute Jules Vernes. Da die Wunde am rechten Fuß nicht heilen will, kann der Schriftsteller sieben Monate lang nicht das Bett verlassen; um die Schmerzen zu betäuben, greift er zu Morphium und widmet diesem Medikament sogar ein eigenes Sonett. – Er sei in die schwarze Serie seines Lebens eingetreten, schreibt Verne am Jahresende 1886 an Hetzels Sohn Louis-Jules, der das Geschäft weiterleitet, aber er wolle sich nicht unterkriegen lassen und alles ganz philosophisch nehmen.

Ans Bett gefesselt, schreibt Jules Verne am 20. August 1886 zum erstenmal an Jules Hetzel von seinem merkwürdigen Projekt:

> Wenn wir uns sehen, werde ich mich mit Ihnen über ein Anliegen zu unterhalten haben. Es geht um ein Märchen, das ich mir zu schreiben in den Kopf gesetzt habe und über das ich mit unserem lieben Hetzel gesprochen hatte. Er hatte mich sehr ermutigt, das zu machen. Man müßte (...) eine neue Kombination aus Album und Buch finden, die, wenn das geht, viele farbige Abbildungen enthielte. Das hätte die Länge des *Doktor Ox** und ist auch etwas in dieser Art, vor allem aber für Kinder. Es wäre möglich, später daraus ein großes Zauberstück zu machen.

Der Verleger scheint von der Idee, ein Märchen schreiben zu wollen, nicht sonderlich begeistert gewesen zu sein, und trotz mehrerer Versuche Vernes, sein Vorhaben wieder ins Gespräch zu bringen, geschieht zunächst nichts. – Im Frühjahr 1887 gibt der Tod der Mutter in Nantes Anlaß, sich erneut die Vergangenheit in Erinnerung zu rufen. Erst im Frühjahr kann der älteste Sohn in seine Geburtsstadt reisen, um die Erbschaftsangelegenheiten zu regeln – zum letztenmal: alle weiteren Einladungen von Freunden und Familie werden von nun an unwiderruflich abgelehnt, oft mit fadenscheinigen Gründen.

* *Eine Idee des Dr. Ox,* eine satirische Novelle von 1872.

Ende 1887 geht es Jules Verne gesundheitlich soweit gut, daß er das Angebot annimmt, in Holland und Belgien eine Reihe Lesungen zu halten. Die Reise – es soll seine erste und letzte Tournee sein – dauert vom 21. November bis zum 1. Dezember, und Jules Verne liest in Antwerpen, Lüttich, Brüssel und Den Haag. Es wird ein Mißerfolg, auch wenn der Autor sich das selber nicht eingestehen will. Zwar ist das Publikum zahlreich erschienen und hat dem 60jährigen Ovationen bereitet, sich aber getäuscht, wenn es hoffte, ein Kapitel aus einem unveröffentlichten Roman zu hören.

Statt dessen hat Jules Verne bei dieser Gelegenheit zum erstenmal seine Familie Raton aus dem Käfig gelassen,

> Raton, Ratonne, Ratine, Rata, Ratin und Raté, liebenswürdige Nager, deren harmlose Abenteuer nicht gerade ergötzlich sind, das schwöre ich Ihnen! Ich bezweifle sogar, daß sie mit Leidenschaft von den Kinderchen gelesen werden, an die sie sich wenden.

Soweit der enttäuschte Reporter von *La Meuse*. Der konservative *Figaro*, ansonsten Verne wohlgesonnen, urteilt nicht anders*. Aber der Schriftsteller wittert eine Verschwörung, glaubt mit bretonischer Starrköpfigkeit an seine Nagetiere und drängt den Verleger immer wieder zur Drucklegung. Am 3. Juni 1890 wird Hetzel einmal mehr erinnert:

> Ich möchte nur, daß es als abgemacht gilt, mein lieber Jules, daß wir mit den Erzählungen, von denen ich eine gewisse Anzahl bereithalte, einen Sammelband machen, in dem auch die *Familie Raton* untergebracht wird, selbst wenn sie illustriert im Album erschienen ist. Ich rede Ihnen jetzt schon so lange davon, ebenso wie von meinem *Karpathenschloß*. (...) Ich habe diese Novelle äußerst gefeilt und durchgearbeitet.

Der gewünschte Sammelband kommt zwar nicht zustande, aber zufällig bittet der Redakteur des Magazins *Le Figaro Illustré* den Schriftsteller zur selben Zeit um einen Beitrag

* Siehe die Dokumentation im Anhang.

für die Weihnachtsausgabe 1890. Jules Verne, der sich außerstande sieht, kurzfristig einen Text zu improvisieren, bietet ihm mit Hetzels Zustimmung sein Märchen an. Am 11. Juni schickt er das durchgesehene Manuskript los, zeigt sich aber höchst besorgt, es aus der Hand geben zu müssen, weil er keine Abschrift hat, und bereitet den Redakteur »auf die Schwierigkeiten vor, die mit der feinsinnigen Illustration der Novelle zusammenhängen«. Um der langersehnten Veröffentlichung willen ist der Autor sogar zu Kürzungen bereit, die er in der Buchausgabe wiederherzustellen gedenkt.
Diese Buchausgabe wird von Hetzel aber immer wieder aufgeschoben, auch 1896, als Verne unwirsch nachgebohrt hatte: »Und der fertiggestellte Novellenband – für wann?« Erst 1910 – fünf Jahre nach seinem Tod – erscheint ein von Vernes Sohn Michel herausgegebener Sammelband, *Hier et demain* (»Gestern und morgen«), der von den *Abenteuern der Familie Raton* eröffnet wird. Aber dieser Text ist nur eine »Korrektur« Michel Vernes auf Grundlage der unvollständigen *Figaro*-Fassung.

Die vorliegende Übersetzung versucht zum erstenmal, die Geschichte *vollständig* wiederzugeben, indem sie das zeitlich zuletzt entstandene der beiden in Paris aufbewahrten Manuskripte* zugrunde legt und von diesem Text nur dort abweicht, wo Verne – seiner Arbeitsmethode gemäß – auf den Druckfahnen für die Erstveröffentlichung stilistische Korrekturen vorgenommen hat.

* Bibliothèque Nationale, nouvelles acquisitions françaises 16999. Die frühere Fassung (fo. 53–136) ist eine für Hetzel angefertigte Kopie von fremder Hand, die endgütlige Version (fo. 2–52) ist in Jules Vernes Handschrift abgefaßt.

III

Die Familie Raton war für ihren Autor innerhalb seines Œuevres von herausragender Bedeutung, das zeigt die Hartnäckigkeit, mit der Jules Verne liebevoll um sie bemüht ist. Den Grund dafür dürfen wir zunächst im autobiographischen Gehalt vermuten, der in gedrängter Form Etappen aus Vernes ganzem Leben vorführt: Das Bild von der »gichtigen Ratte« weist eindeutig in die frühe Kindheit; der Liebeskummer des armen Vetters Raté auf das Problem, das dem Heranwachsenden und Studenten schwer zu schaffen machte. Wenn es von Raté heißt, daß er »in seiner Eigenschaft als Vetter selbstverständlich der Base den Hof machte«, die leider nur einem anderen zugetan sei, dann fällt es nicht schwer, an Jules Vernes verschmähte Jugendliebe zur Cousine Caroline Tronson zu denken. Auch die Blamage beim Hochzeitsball, bei dem dem menschgewordenen Unglücksraben der Schwanz aus der Hose hängt, findet ihre mögliche biographische Entsprechung in einem Kostümball von 1854 in Nantes, auf dem sich Jules Verne durch ein als obszön mißverstandenes (?) Wortspiel bloßgestellt haben soll... »Ich habe kein Glück«, steht in einem Brief an die Mutter aus dem Jahre 1856 über seine Enttäuschungen: »Immer wieder treffe ich auf Unmöglichkeiten der einen oder anderen Art.«

Ratin, der schöne Märchenprinz, ist somit nichts anderes als das ins Gegenteil verkehrte Selbst, das märchengemäß etwas blaß gezeichnete Wunschbild, dem die Liebe der schönen Ratine problemlos zufliegt, ohne daß er dafür Heldentaten vollbringen müßte, wie es sonst in Märchen üblich ist.

Man mag darüber spekulieren, ob das Verhältnis zwischen Raton und seiner Gattin die Spannungen in der Ehe zwischen Jules und Honorine Verne wiedergibt; fest steht, daß der Autor mit seiner Ratte, die Ratte ist und bleiben will, am meisten sympathisiert hat: Die humpelnde Ratte auf Krücken, die als Auster auf der Bank von *Samobrives* festklebt – das ist Jules Verne persönlich, der mit Krückstock und kaputten Beinen durch Amiens (das alte *Samarobrive*) humpelt, nachdem er monatelang ans Bett gefesselt war. Ist Raton eine der hervorragenden Persönlichkeiten seiner Stadt Rattopolis und wie dazu geschaffen, La Fontaines Rattenrat anzugehören, so wurde Jules Verne seinerseits 1888 Stadtrat von Amiens; der biederen Provinzstadt, die er 1871 seiner Frau zuliebe als Wohnort ausgewählt hatte. Mit dem Gedanken an eine solche Kandidatur mochte er schon länger gespielt haben.

Sogar Ratons Resignationsformel »Seien wir Philosoph«, mit der jener sich über die Unannehmlichkeiten von Familie, Gicht und Seelenwanderung hinweghilft, findet sich seit dem Märzattentat mit schöner Regelmäßigkeit in Vernes Korrespondenz, vor allem dann, wenn er über den sinkenden Absatz seiner letzten Romane, den Ärger mit Sohn und Enkeln und die gesundheitlichen Kalamitäten klagt: »Kurzum, man kann nicht zugleich sein und gewesen sein. Aber seien wir Philosoph!« (17.6.1892).

Gemäß der Einsicht des Geographen Paganel (aus *Die Kinder des Kapitäns Grant*, 1865–68), daß die Philosophie zwar nicht vor Nässe schütze, aber wärme, zimmert sich Jules Verne seine eigene Perspektive zurecht, mit der er das Weltgeschehen betrachtet – eine Perspektive, die sicher nichts mit Welterklärung und Metaphysik zu tun hat, eher schon mit der Moral eines Spießbürgers, der sich in das Schneckenhaus seines privaten Universums verkriecht: »Mit ein wenig Philosophie und einem guten Magen, wiederholte Hector Servadac gern, ist man überall gut aufgehoben!« (*Hector Servadac, Reise durch das Sonnensystem*, 1877).

Zumindest die Abgehobenheit von der verbindlichen Wirklichkeit und den so recht französischen Individualismus hat Raton mit einigen Vertretern metaphysischer Prokrustes-Betten gemein: als Familienvater, der als einziges Mitglied seiner Sippe Ratte bleibt, kann er – wie der Schriftsteller – seinen von außen auf die menschliche Gemeinschaft gerichteten Blick aufrechterhalten, »glücklich, wie er meinte, nichts an seinen Gewohnheiten ändern zu müssen«. Dies regressive Absonderungsideal, wie es in seiner Person praktiziert werden soll, wird interessanterweise schon in früheren Romanen als Metapher gebraucht: »Das glücklichste aller Tiere«, sagt der Doktor Clawbonny in *Reisen und Abenteuer des Kapitän Hatteras* (1864–66), »wäre eine Schnecke, die sich nach Belieben in eine Muschel verwandeln könnte. Ich will versuchen, eine intelligente Schnecke zu sein.« Und Professor Aronnax, Ich-Erzähler in *Zwanzigtausend Meilen unter den Meeren* (1869 bis 1870), träumt gar, »daß sich meine Existenz auf das vegetative Leben einer Molluske reduzierte. Mir schien, als würde diese Grotte die doppelte Klappe meiner Schalen bilden.«

Sicher ist, daß der Preis für die »Weisheit« des Vater Raton Einsamkeit und Isolation ist – freilich selbst gewählt: »Ich provinzialisiere mich bis in die Zehenspitzen«, hatte Jules Verne am 3. Juli 1890 an seinen alten Freund Alexandre Dumas den Jüngeren geschrieben und drei Jahre später larmoyant hinzugefügt: »Ich werde Sie nie mehr wiedersehen, ich bin nur noch ein alter Geschichtenerzähler, der sich in die Provinz verkrochen hat, aus der er nicht mehr herauskommt« (13.6.1893).

Einen zusätzlichen Hinweis auf den autobiographischen Gehalt gibt der Titel des von Verne geplanten Sammelbandes. Zusammen mit dem frühen Roman *Der Graf de Chanteleine* (1864) und der letzten Erzählung *Herr Dis und Fräulein Es* (1893) sollte die *Familie Raton* in einem Buch erscheinen, das unter dem Motto *Erinnerungen an Kindheit und Jugend* gestanden hätte.

Hüten wir uns aber, das Märchen auf seine biographischen Anteile zu verkürzen oder sie im Detail zu überanstrengen. So aufschlußreich sie sein mögen, stellen sie doch immer nur *einen* Aspekt eines Kunstwerks dar, einen Aspekt, den der Leser auch außer acht lassen können muß.

IV

Die Gattung des Märchens ist in Frankreich vor allem durch die elf Gedichte und Erzählungen geprägt worden, die Charles Perrault 1697 veröffentlicht hatte. Eine eigenständige Märchen-Renaissance wie in der deutschen Romantik – mit der »volkstümlichen Urform« der Brüder Grimm als auch den Kunstmärchen von Brentano, Hauff und E. T. A. Hoffmann – hat es im Frankreich des 19. Jahrhunderts in diesem Ausmaß nicht gegeben. Hier hielt man sich an die verstandesschärfenden Fabeln eines La Fontaine, der ja auch in Vernes »Märchen« an mancher Stelle hervorschielt, oder an das mit exotischer Ferne entschuldbare Wunderbare von *1001 Nacht*. Schon Perraults Fassungen offenbaren, wenn man sie mit den entsprechenden Märchen der Grimm-Sammlung vergleicht, die Neigung des Erzählers zu rationalisierender Ironie, aktualisierender Gesellschaftskritik und psychologisierenden Erklärungen – Elementen, die in den französischen Märchen des 18. und 19. Jahrhunderts noch stärker betont werden sollten. Auf diesem Hintergrund wird die Ablehnung verständlicher, mit der der Verleger Hetzel auf die Laune seines Autors reagierte. Jules Vernes Name sollte an die seriöse Wissenschaft gebunden bleiben, für Märchen waren in Hetzels Verlagsprogramm andere Autoren zuständig.

Schon früher, um 1880, hatte sich der Verleger Unwillen geregt, als es Jules Verne unternahm, mit dem Theaterstück *Reise durch das Unmögliche* (1882) seine erfolgreichsten Romane gleichzeitig zu zitieren und auf die Schippe zu nehmen. Ausdrücklich wiederholte Verne die Szenarien von *Reise zum Mittelpunkt der Erde*, *Zwanzigtausend Meilen unter den Meeren* und *Von der Erde zum Mond*, entkleidete sie aller wissenschaftlichen Rechtfertigungen und kehrte statt dessen das Phantastische hervor, um es zu einer religiös-moralischen Abrechnung mit dem positivistischen Zeitgeist umzufunktionieren. »Ein einziger Unsinn ist das«, schrieb damals der junge Hetzel an seinen Vater, »und selbst wenn das Buch oder das Stück ein

Meisterwerk wären, würde der Titel allein ausreichen, um der Gattung seiner Erzeugnisse Schaden zuzufügen. *Außergewöhnliches* soll er machen, und nicht *Unmögliches*.«

Kann man nach alledem noch Vernes Behauptung Glauben schenken, der alte Hetzel habe ihn zum Schreiben des Märchens ermuntert? Wahrscheinlicher ist, daß sich Jules Verne auf die Autorität seines Freundes beruft, um einen leichteren Stand bei seinem neuen Verleger zu haben. Möglich ist immerhin, daß Hetzel den Anstoß gegeben hat – aber ohne es zu wissen: in einem seiner hochmoralischen Jungmädchenromane, *Die vier Töchter des Dr. Marsch* (1880), taucht bereits ein Rattenvater namens Raton auf, »in Begleitung seines ältesten Sohnes, eines schönen jungen Mannes, der augenscheinlich sehr stolz auf seinen sprießenden Schnurrbart war«.

Die Familie Raton mag zusammen mit der *Reise durch das Unmögliche* und der Schauergeschichte *Frritt–Flacc* (1884) ein erfolgreicher Ausbruchsversuch aus jenem vom Verleger vertraglich vorgegebenen (aber eben auch bereitwillig akzeptierten) Rahmen des didaktischen Abenteuerromans gewesen sein, »in dem ich verurteilt bin, mich zu bewegen« (1883) – als Märchen ist sie zweifellos *mißraten*. Mißraten allerdings in der Art von Vetter Raté: wohlüberlegt und mit System! Bei aller Märchen- und Fabelhaftigkeit (schon eine scharfe Trennung zwischen diesen beiden Gattungen ist hier unmöglich) folgt die Handlung eher dem traditionellen Romanschema als den Gesetzen des Märchens. Um sich hiervon zu überzeugen, braucht man nur Vernes Roman *Keraban der Starrkopf* (1883) zu lesen, der – im türkischen Gewand – demselben Handlungsmuster folgt. Paraphrasierende und motivische Anspielungen gelten außerdem den Romanen *Nord gegen Süd* (1887), *Familie ohne Namen* (1889) und *César Cascabel* (1890). Durch dieses die eigene Schreibweise reflektierende Verfahren stellt sich ein eigentümlicher Bezug zu Vernes herkömmlichen Romanen her, mit denen dies Märchen eben doch etwas sehr Grundsätzliches zu tun hat: Roman- und Mär-

chenform werden miteinander kombiniert, und in dieser Mischung richtet sich das Ergebnis parodistisch gegen seine einzelnen Bestandteile.
Die ellenlangen Muschel- und Fischaufzählungen, die in einem anständigen Märchen gar nichts zu suchen haben – ihnen wohnt ja noch nicht einmal magischer Beschwörungscharakter inne –, sind satirische Rudimente von Vernes lehrmeisterhafter Schreibweise, ebenso wie hier und da eingestreute Fremdwörter oder die peinlich genaue Vermessung der Sphinx von Romiradur. Vernes Steckenpferd Naturwissenschaft rettet sich – als Verschnitt der damals so modernen Evolutionslehre Charles Darwins – zwar ins Märchen hinüber, allerdings wird ihre hehre, im 19. Jahrhundert und darüber hinaus maßstabsetzende Ideologie ausgerechnet mit der *mythischen* Seelenwanderung verkettet. Selbst die Religion bleibt nicht verschont: Gott, ja, den gibt es wohl, aber er begnügt sich damit, hin und wieder die bösen Zauberer zu bestrafen und ansonsten das Weltgeschehen dem »freien Spiel der Kräfte« zu überlassen...
Die Familie Raton richtet sich nicht zuletzt gegen das Märchen selbst und all die Werte, die sie scheinbar übermittelt, indem sie Motive zitiert, die geläufigen Klischees entsprechen, die durch die Behandlung aber sogleich wieder aufgehoben werden. Die Ironie des großväterlichen Erzählers trägt ein übriges dazu bei: Der zarten Liebe von Ratine und Ratin, deren höchstes Ziel die Hochzeit ist, werden als Ernüchterung die unerträglichen Beziehungen zwischen Raton/Ratonne und Rata/Ratane sowie Ratons frauenfeindliche Sprüche entgegengehalten; Ratins Prinzenschaft wird schnöde erkauft; die gute Fee hat eine sentimentale Vorliebe für Herz- und Schmerzgeschichten, und der eher lächerliche als furchtbare Zauberer trägt den traditionellen Zauberhut nur der Form halber, versinkt schließlich im Boden, weil sich das eben »so gehört«.
Die Huldigung an die »anständige« hohe Gesellschaft beim Hochzeitsfest, die vor Moral regelrecht trieft und die den Lesefluß so manchen (nicht nur heutigen) Lesers ins Stokken gebracht haben wird, wird durch das darauffolgende

Chaos gründlich konterkariert: Raton/Jules, der freiwillige Außenseiter, schaut mal wieder von höherer Warte zu und amüsiert sich köstlich – so wie es schon der junge Schriftsteller getan hatte und seiner Mutter am 20. November 1855 aus Paris berichtete:

> Ich habe dem schönen Brand des Proviantamtes zugeschaut; ich war so nah wie möglich und gerade gegenüber; das war das herrlichste Spektakel, das ich je gesehen habe; schade, daß nicht noch zwei oder drei Gebäude mehr abgebrannt sind; es gehört der Regierung; was macht das schon.

Mit einer Widersprüchlichkeit, mit der sie sich dem endgültigen Zugriff und einer ungetrübt genußvollen Lektüre immer wieder entzieht, läßt sich Jules Vernes *Familie Raton* am ehesten charakterisieren: Ausdrücklich wendet sich das Märchen zwar an ein kindliches Publikum – der Erzähler spricht hartnäckig »seine lieben Kinder« an und berührt damit auch seine wohlmeinendsten Kritiker eher unangenehm –, aber die Fülle der zweideutigen Anspielungen zielt *gleichzeitig* auf eine sehr viel breitere Leserschicht, von der er eine historische und kulturelle Vorbildung erwartet. Damit hat Jules Verne die Grenze zwischen »Kinder-« und »Erwachsenen-Literatur« eindeutig gesprengt und bewiesen, daß der Unterschied kein wesensmäßiger sein muß, diese Grenze vielmehr erst von der Herangehensweise, der Lesehaltung, gezogen wird.

Ein Märchen in der zweiten Hälfte des 19. Jahrhunderts zu schreiben, das fordert selbstverständlich seinen Tribut, weil sich mit der Erfindung von Telephon und Glühlampe mancherlei im Denken verändert hat: »Ach ja, Cornélia, die Zeiten sind vorbei, als die Schäferinnen noch Könige heirateten, und wer weiß, ob die Schäferinnen von heute überhaupt noch bereit wären, Könige zu heiraten?« (*César Cascabel*, 1890)

Dürfen wir von Jules Verne wenigstens ein Happy-End erwarten? Sicher: am Schluß des Märchens erfolgt sogar eine »Apotheose«, aber aufbereitet wie ein künstliches Spektakel in Disneyland, »zur vollständigen Genugtuung« aller

Sinne, wie der Erzähler zu berichten weiß. So hat zu guter Letzt auch Charles Baudelaire mit seinem Hang zur Synästhesie – zur Vermischung der verschiedenen Wahrnehmungsweisen – sein Fett abbekommen. Der schöne Schein hat sich einmal mehr und endgültig als bloße Inszenierung entlarvt.

Was auf den ersten Blick als Schwäche erscheinen mag, erweist sich bei näherer Betrachtung als Stärke und macht einen der Reize von Jules Vernes besten Werken aus: daß sie nicht nur über den Gegenstand ihrer Darstellung lästern, sondern ihre eigene Fiktionalität hervorkehren und so auch zu sich selbst eine ironische Distanz wahren.

Volker Dehs

Dokumentation

Zweimal hat Jules Verne *Die Familie Raton* auf öffentlichen Lesungen vorgetragen – 1887 anläßlich seiner Tournee durch Holland und Belgien und am 1. Dezember 1889 in Amiens. Die folgende Auswahl zeitgenössischer Zeitungsartikel vermittelt einen Eindruck von der unterschiedlichen Aufnahme, die Vernes Auftritte gefunden haben – oder von der Subjektivität der unterschiedlichen Berichterstatter.

Le Figaro (Paris), 30. November 1887

BRIEF AUS BRÜSSEL

Der Künstlerzirkel hat (...) seine winterlichen Literaturabende mit einer Lesung von Herrn Jules Verne eröffnet. Ich schulde der Wahrheit zu sagen, daß (Verne) nur einen sehr mittelmäßigen Erfolg gehabt hat. Er hatte die ärgerliche Idee, auf seine Zuhörerschaft die Wirkung einer Kindergeschichte auszuprobieren, die er wohl bald im Verlag Hetzel veröffentlichen wird und bei der es um die Abenteuer der Familie von Raton, Ratin, Ratine und Raté geht.

»Stellen Sie sich vor, meine Damen und Herren«, hatte der Redner zu Beginn gesagt, »daß Sie heute abend nur sieben Jahre alt sind.« Die Herrschaften haben sich alle Mühe gegeben, um sich dies vorzustellen, doch scheint sie die Anstrengung überfordert zu haben, und vor Ende der Lesung hatte die Hälfte der Zuhörerschaft das Weite gesucht.

L'Indépendance belge (Brüssel), 26. November 1887

Die Lesung von Jules Verne im Künstlerzirkel hat uns diejenige von Alexandre Dumas (Vater) im Zirkel des Königshauses in Erinnerung gerufen. (...) Wenn Sie genauer hinschauen, werden Sie eine gewisse Übereinstimmung in der Arbeitsweise der beiden Meister feststellen. (...) Denn all die Freiheiten, die sich der Dichter der Musketiere bei der Geschichte herausgenommen hat, erlaubt sich Jules Verne mit der Wissenschaft, und das nicht ohne Erfolg, selbst aus wissenschaftlicher Sicht. (...)

Hat der findige Gelehrte der kleinen Mädchen und Jungen in dieser Lesung des Zirkels, die eine riesenhafte Menschenmenge angezogen hatte und der Ihre Königlichen Hoheiten, die Gräfin von Flandern und der Prinz Baudoin beiwohnten, nicht in der Form einer Märchengeschichte eine feenspielhafte, aber dennoch exakte Bearbeitung der modernen Theorien von der Evolution und der Artenbildung durch natürliche Auslese geliefert? Darwin selbst hätte – ebenso wie La Fontaine, Perrault und Grandville – seinen kindlichen Mythos von den Nagern abgesegnet, die von der untersten Entwicklungsstufe aufsteigen (...).
(Vernes) Einführung hatte einen wahren Erfolg. Sie war bezaubernd, diese Anrufung der guten Fee unserer Kindheit und ihres Zauberstabes, der all die schönen Damen und ernsthaften Herren in Babys zurückverwandelte, um sie besser vorzubereiten, eine Geschichte auszukosten, die ganz dazu angetan ist, die Kinderstuben zu begeistern.

La Meuse (Lüttich), 28. November 1887

Herr Jules Verne ist kein Redner, sonst hätte er Gelegenheit zu einem sehr interessanten Vortrag über seine arbeitsreiche Laufbahn gefunden, die sich durch die Veröffentlichung so vieler origineller und fesselnder Werke auszeichnet. Sonst hätte uns Herr Verne beispielsweise in die Geheimnisse seiner so eigenen Kunst eingeführt; wenn er uns erzählt hätte, wie er auf die Idee zu der Romangattung gekommen ist, in der er brilliert; oder hätte er wenigstens einige seiner interessanten Helden aufmarschieren lassen: Hatteras, Nemo und andere – wie groß wäre der Reiz dieser Veranstaltung gewesen! Aber Herr Verne ist kein Redner (...)
Angelockt von einem berühmten Namen drängt sich das Publikum, kommt in Scharen angelaufen, in der Hoffnung, den zu sehen und zu hören, von dessen Geschichten man so viele Male bezaubert gewesen ist... Doch leider, leider erweist sich der stolze Schwan als häßliches Entlein – in diesem Fall als eine Rattenfamilie... Raton, Ratonne, Ratine, Rata, Ratin und Raté, liebenswürdige Nager, deren Abenteuer nicht gerade ergötzlich sind, das schwöre ich Ihnen! Ich bezweifle sogar, daß sie mit Leidenschaft von den Kinderchen gelesen werden, an die sie sich wenden. Das Publikum (...) jedenfalls hat sich trotz des guten Willens, sich in dies glückliche Alter zurückzuversetzen, von dem Kinderfest, das ihm da in Vorgriff auf Nikolaus geboten wurde, nur mittelmäßig amüsiert gezeigt.

Le Journal d'Amiens (Amiens), 2./3. Dezember 1889

DIE LESUNG VON HERRN JULES VERNE

Wir hatten angekündigt, daß sich das versprochene Märchen an Kinder wie selbst an erwachsene Personen richten würde. Das Publikum, das gestern Herrn Jules Verne applaudierte, hat diese Nachricht vollauf gerechtfertigt.
Der Herr Präfekt des Départements Somme in Begleitung seines Generalsekretärs, der Herr Bürgermeister von Amiens, viele Stadtverordnete... und andere große Personen, darunter auch viele Damen, haben nicht erst gewartet, bis das Signal zum Lachen von der Jugend gegeben wurde.
Sind die Abenteuer der Familie Raton rührend und eines wunderlicher als das andere, so sorgen Madame Ratonne, der Schrecken ihres Gatten, der Koch Rata und Vetter Raté dafür, daß keine Trübsal aufkommt.
Humor und Phantasie des berühmten Autors der »Außergewöhnlichen Reisen« haben sich in dieser Aufeinanderfolge von Verwandlungen durch den Zauberstab keinerlei Zügel anlegen lassen (...)

Le Progrès de la Somme (Amiens), 4. Dezember 1889

Die Lesung eines Märchens, die Herr Jules Verne am Sonntag vor der Industriellen Gesellschaft zugunsten des Armenhilfswerks mit viel Feinsinnigkeit und Geist gehalten hat, hat Jung und Alt bezaubert – vor allem die Älteren!
Diese Veranstaltung, die allen, die ihr beigewohnt haben, schöne Erinnerungen lassen wird, hat eine sehr schöne Summe eingebracht, rund dreihundert Francs, wie man uns mitteilt.

Literaturhinweise

BIOGRAPHIEN

JULES-VERNE, Jean: *Jules Verne*, Paris 1973 (Materialreiche Biographie vom Enkel des Schriftstellers)

SORIANO, Marc: *Jules Verne (le cas Verne)*, Paris 1978 (Soziologische und psychoanalytische Darstellung)

DEHS, Volker: *Jules Verne*, Reinbek 1986 (Einführung in Leben und Werk)

ZUM WERK ALLGEMEIN

Bulletin de la Société Jules Verne, Paris. Erscheint vierteljährlich seit 1967. (Vielseitige Artikel zu Leben und Werk.)

La Revue des lettres modernes. Série Jules Verne. Herausgegeben von François Raymond, Paris 1976ff. (Artikelsammlungen zu Schwerpunktthemen)

NEUSCHÄFER, Hans-Jörg: *Populärromane im 19. Jahrhundert*, München 1976. (Soziologisch-rezeptionsästhetisch ausgerichtete Analyse exemplarisch ausgewählter Romane)

GOBRECHT, Barbara/STRAUB, Enrico: »Jules Vernes Erfolgsromane und die Struktur des Volksmärchens«, in: *Fabula* Nr. 23 (1982), S. 185–197

NOIRAY, Jacques: *Le romancier et la machine*, Band 2. Paris 1982 (Differenzierte Darstellung von Vernes Technik-Bild)

VIERNE, Simone: *Jules Verne*, Paris 1986 (Allgemeine Einführung mit Einzeldeutungen der populärsten Romane)

WOLFZETTEL, Friedrich: *Jules Verne*, München 1988 (Anregende Gesamtdeutung auf dem neuesten Forschungsstand)

ZUR ›FAMILIE RATON‹ SPEZIELL

COURVILLE, Luce: »Jules Verne et le Rat-goutteux de Nantes«, in: *Nantes-Réalités* Nr. 28 (1969), S. 42 (Autobiographische Quelle.)

BELLEMIN-NOËL, Jean: »Analectures de Jules Verne«, in: *Critique* Nr. 279 (1970), S. 692–704 (Psychoanalytische Deutung)

ZUM (FRANZÖSISCHEN) MÄRCHEN

MOUREY, Lilyane: *Introduction aux contes de Grimm et de Perrault – histoire, structure, mise en texte*, Paris 1978

KLOTZ, Volker: *Das europäische Kunstmärchen. Fünfundzwanzig Kapitel seiner Geschichte von der Renaissance bis zur Moderne*, Stuttgart 1985/München 1987

SCHAUF, Susanne: *Die verlorene Allmacht der Feen. Untersuchungen zum französischen Kunstmärchen des 19. Jahrhunderts*, Frankfurt/Bern/New York 1986

FRANZÖSISCHE AUSGABEN DER »FAMILIE RATON«

a) *zu Lebzeiten Vernes veröffentlichte Fassung* in: *Le Figaro Illustré* (Paris, 2. Serie, Nr. 10) Januar 1891; moderne Ausgabe in: J. Verne, *Histoires inattendues* (herausgegeben von Francis LACASSIN), Paris, coll. »10/18« 1978

b) *von Michel Verne bearbeitete Fassung* in: J. Verne, *Hier et demain*, Hetzel, Paris 1910; moderne Ausgaben: Livre de poche, Paris 1967; Hachette, Paris 1980 (»Les Intégrales Jules Verne«, zusammen mit *La Chasse au météore*).

c) *zweite Manuskriptfassung mit Varianten* in: *Bulletin de la Société Jules Verne* Nr. 90 (Paris, 2. Trimester 1989) herausgegeben und kommentiert von Volker DEHS.

Märchen

Band 2856

Band 2859

Die rumänischen Märchen – Märchen aus Siebenbürgen, der Walachei, dem Banat – sind bekannt für ihre Metaphern, ihren ursprünglichen, trockenen Humor. Sigrid Früh hat die authentischen Texte der bekannten Märchensammler Josef Haltrich, Peter Isperescu und der Brüder Schott vom zeitgebundenen Ballast, von sprachlichen Ungenauigkeiten des 19. Jahrhunderts befreit.

Wie die Geschichte eines Landes seine Märchen prägt, zeigt diese Sammlung »Märchen aus der Schweiz«. Die z. T. wenig bekannten Märchen sind nach Sprachgebieten geordnet. In der ausführlichen Einleitung beschreibt Fritz Senft die sprachlichen und kulturellen Unterschiede innerhalb der Schweiz und vor allem die Gestalten und Figuren der Märchen in diesem Band.

Fischer Taschenbuch Verlag

fi 651/2

Phantastisch, abenteuerlich, bezaubernd – die Welt des alten China in einem spannenden Abenteuerroman.

Barry Hughart

Die Brücke der Vögel

Roman. 301 Seiten, geb.

»Ich falte meine Hände und verneige mich in alle Himmelsrichtungen ...«. Mit diesen Worten beginnt ein einzigartiges Abenteuer, das den Leser in die mythologische Vergangenheit Chinas entführt. In dieser märchenhaften Welt leben Götter und Ungeheuer, gute und böse Menschen, die Herrscher über die irdischen und geistigen Schätze im Reich der Mitte. Die Geschichte gleicht einer wundersamen Reise, auf der wir dem Widersprüchlichen, Unverständlichen und Geheimnisvollen begegnen. Der uralte chinesische Meister Li findet schließlich den Weg durch das Labyrinth, das die Ausgeburt eines bösen Traums sein könnte. Aber Meister Lis unvergleichlich mutiges, komisches, ja sogar exzentrisches Handeln beruht auf der schlichten Überzeugung, daß alles – wirklich alles – eine vernünftige Erklärung hat, wenn man es vom richtigen Standpunkt aus betrachtet. Und genau das macht diesen »Helden« zu einer unvergeßlichen, immer wieder verblüffenden Gestalt, deren Denken, Sprechen und Handeln man bis zum grandiosen Finale mit atemloser Spannung verfolgt ...

Wolfgang Krüger Verlag

fi 1049/1

Ein herrlicher Katzenroman. Eine abenteuerliche Tiergeschichte. Eine wundersame Katzen-Kosmologie. Eine magische Fabel. Eine einzigartige Liebeserklärung an alle samtpfotigen, schnurrenden Vierbeiner.

Tad Williams

Traumjäger und Goldpfote

Roman. 381 Seiten, geb.

Fritti Traumjäger ist ein rötlich-grauer, tapferer, kluger und treuer Kater, voller Freiheitsliebe und tiefer Träume. Er lebt mit seinem Volk in einer Welt, die von mächtigen Katzengöttern und den »Großen« beherrscht wird, jenen sonderbaren, pelzlosen Wesen, die man Menschen nennt. Die Welt indes ist nach dem Mythos der Katzen von der Urmutter der Katzen Tiefklar geschaffen, die das Dunkel verbannte und die Zwei erschuf: Harar Goldauge und Fela Himmeltanz.

Tad Williams hat es nicht dabei belassen, die herkömmlichen Figuren der Fantasy-Welt in Katzenfelle zu stecken. Er leistet viel mehr: Seine phantastische Abenteuergeschichte ist mit größter Sensibilität aus der Katzenpsyche entwickelt: Er stilisiert die rätselhaften Pelztiere nicht und dichtet ihnen auch keine unglaubwürdigen magischen Eigenschaften an. Er erzählt packend und mit viel Witz aus der Katzenperspektive. Er schafft es, daß seine »Helden« Katzen bleiben, Tiere mit bestimmten Verhaltensweisen, und zugleich als scharf gezeichnete originelle Charaktere mit ihren spezifischen Schicksalen deutlich werden.

fi 1050/1